76, boulevard Pasteur
75015 Paris – France
www.editionscharleston.fr

ISBN : 978-2-38529-439-7

Maquette : Patrick Leleux PAO

Pour suivre notre actualité, rejoignez-nous sur Facebook (Éditions.Charleston), sur Instagram (@editionscharleston) et sur TikTok (@editionscharleston) !

Charleston s'engage pour une fabrication écoresponsable ! Amoureux des livres, nous sommes soucieux de l'impact de notre passion et choisissons nos imprimeurs avec la plus grande attention pour que nos ouvrages soient imprimés sur du papier issu de forêts gérées durablement.

François Coune, Jessica Cymerman,
Laure de Rivières, Alexandre Duyck,
Michèle Fitoussi, Aurélie Tramier

CET ÉTÉ-LÀ

Nouvelles

POCHE
CHARLESTON

SOMMAIRE

LE KARMA

FRANÇOIS COUNE

« Jalousie, jalousie
Tu nous tues, tu nous tues. »
Angèle, *Jalousie*

Il y a deux mois

« Salut les amis ! J'espère que vous allez bien et que vous passez une bonne journée ! N'hésitez pas à me dire votre humeur du jour dans le sticker ci-dessous, vous savez combien ça me fait toujours plaisir. Je ne sais pas vous, mais moi j'ai plus que jamais besoin de vacances en ce moment et de temps pour moi. Et vous savez quoi ? Je viens de me réserver une petite semaine solo à Biarritz, et j'ai souvent entendu que c'était une région géniale ! J'ai tellement hâte d'y aller ! »

*

Aujourd'hui

C'est toujours la même histoire, quelle galère ! Quand arrive l'heure de préparer mes bagages pour partir quelques jours en vacances, me détendre loin du tumulte de la ville et du béton, des coups de klaxon et des gens qui courent dans tous les sens, je me bats avec eux pour connaître ceux qui finiront par embarquer avec moi. Eux, ce sont mes livres, qui font partie de ma PAL – la « pile à lire », ces ouvrages qui attendent impatiemment d'être lus. Toujours le même problème.

Bien sûr, je vais prendre celui que je n'ai pas encore terminé, posé sur ma table de chevet ; je vais en choisir un autre que j'aurai sans doute envie de découvrir pendant un après-midi à la plage, les doigts de pied en éventail. Il y a celles et ceux qui ont trop de vêtements et qui prennent l'entièreté de leur dressing au cas où… et puis il y a moi. J'embarque également deux ou trois autres livres aux couvertures colorées car je sais que je vais me retrouver face à de sublimes paysages qui me permettront de les photographier – même si je ne les ai pas encore lus – et de les poster sur ma page Instagram, où je parle des livres que j'ai aimés à des dizaines de milliers de personnes. Quatre-vingt mille personnes, pour être précis. Je ne m'en rends pas bien compte, mais je crois que c'est beaucoup en seulement six années. Mon père m'a dit il n'y a pas longtemps que c'était l'équivalent d'un Stade de France complet. Oui, c'est peut-être beaucoup, c'est vrai. Je suis si fier que ce soit devenu mon métier : c'est un bonheur de vivre de cette passion des pages, des mots et des histoires.

Ce n'était pas évident, mais nous y sommes, mes choix sont faits. Ma valise est presque terminée. Un véritable *Tetris* qui m'empêche de respirer et me tient en haleine. Quatre chemises fleuries, deux T-shirts, trois shorts, un pantalon, un maillot, de la crème solaire, une veste – la météo annonce des soirées fraîches –, mon nécessaire de toilette, quelques sous-vêtements et douze livres, sait-on jamais. Tout y est. Et deux livres dans mon sac à dos, au cas où. Pour six jours à Biarritz. Six jours. Je conserve toujours un peu de place afin de me rapporter quelques souvenirs de vacances – ou des livres. Cette fois, je ne peux compter que sur moi-même, car j'ai décidé, pour la toute première fois de mon existence, de partir seul et d'apprécier – ou pas – ma propre compagnie, loin de mon appartement et de l'agitation, dans un endroit que je ne connais pas. Ce que j'espère toujours en arrivant au guichet pour l'enregistrement de mes bagages, c'est de ne pas franchir la limite des vingt-trois kilos en soute autorisés par la compagnie aérienne…

*

Parfois, je me dis qu'il est un peu (beaucoup) fou de donner accès aux gens à tout, ou presque, et de poster sur ses réseaux sociaux qu'il part en vacances, qu'il sera dans telle ou telle ville pour un rendez-vous ou pour une rencontre avec ses abonnés. Il est complètement inconscient de mettre en temps réel où il se trouve, ce qu'il fait, avec qui et à quel moment. Je le suis depuis des mois. Il m'obsède, me fascine et m'énerve à la fois. Comment fait-il ? Il a une vie de rêve, celle que j'ai toujours voulu avoir. Depuis dix ans, j'essaye avec mon blog littéraire d'obtenir autant que lui, de vivre de ma passion, que l'on m'envoie des livres et encore des livres, de me faire connaître et de croire que c'est un peu Noël chaque jour. Mais pour moi, il ne se passe presque rien. Cinquante visites mensuelles, c'est dire. Parfois, je n'ai plus la motivation. Lui, il est arrivé il y a quelques années et a tout raflé. Je vis à quelques rues de chez lui, dans un quartier vivant de la capitale belge, je l'ai déjà suivi plusieurs fois en promenade avec son chien après l'avoir croisé, presque par hasard. Je suis tellement à l'affût que je devine presque où il vit. Une fois, il a décelé un sourire sur mon visage et m'a dit bonjour. Je n'ai pas répondu, j'ai fait semblant de rien. Il est encore plus beau en vrai que sur mon écran de téléphone ; c'est pourtant souvent l'inverse avec les filtres en tous genres. Dès qu'il publie, je regarde son visage dans les moindres détails. Je connais la cicatrice traversant sa joue par cœur. Ses trois cheveux blancs à l'avant de son crâne. Son tatouage de sirène au regard puissant sur le bras ou la phrase sur sa clavicule. Je remarque lorsqu'il a de nouveaux vêtements. Je zoome, je dézoome, j'admire ses yeux, je m'y noie. J'ai l'impression de sentir son odeur, qu'il est dans mon salon. Je devine le jour où il s'est rasé la barbe pour la dernière fois.

Je l'admire, je le vénère, j'ai envie de le connaître, d'être lui, mais au fond, qu'est-ce qu'il m'énerve. Pour vivre sa vie, je serais prête à tout. C'est bien pour cette raison que j'ai demandé à ma patronne quelques jours de congé et que je suis dans le hall de l'aéroport de Bruxelles en ce matin de juin, sur le point de partir à Biarritz pour six jours. Et quand je dis que je suis prête à tout, c'est parce que j'ai peur de l'avion. Je ne l'ai jamais pris, mais j'ai une boule au ventre rien qu'à l'idée de quitter la terre ferme. Quand je serai arrivée au Pays basque, je n'espère qu'une chose : que la foule m'applaudira pour cet exploit. Il est à quelques mètres de moi, seul, lunettes de soleil greffées sur le nez, casquette jaune – sa couleur préférée –, un livre dans la main, et il ignore encore que dans quelques heures, tout s'arrêtera. J'espère pour lui que parmi les quatre-vingt mille personnes de sa communauté, il n'y en a pas deux comme moi.

*

Ah, quel bonheur de retrouver le soleil. Je suis bien arrivé à destination, ma valise de vingt kilos et six cent trente-cinq grammes également. Pour ce séjour de rêve, je me suis réservé un hôtel situé à deux pas de la plage. Un très bel hôtel blanc, assez neuf, avec *rooftop*, bar, piscine, espace détente et vue sur l'océan. Et ce n'est pas tout : pour une fois que je pars, j'ai eu envie de me faire plaisir avec une chambre supérieure. Arrivé dans ma chambre, aussi belle et grande que sur les photos du site Internet, je prends quelques photos avec mon téléphone, que je partage avec ma communauté, en mentionnant que ce n'est pas une invitation ou une collaboration rémunérée. Un lit *king size* qui donne envie de s'y plonger, une salle de bains en marbre, une décoration minimaliste et moderne à la fois. Comme toujours, je mentionne l'établissement, peut-être qu'ils auront envie de m'offrir mon petit déjeuner en chambre ou un autre cadeau en échange de visibilité. Il faut bien profiter des avantages de ce métier.

« Salut les amis ! J'espère que vous allez bien, n'hésitez pas à me le dire dans le sticker ci-dessous, vous savez que ça me fait toujours plaisir de connaître votre humeur du jour ! Et voilà, je viens à l'instant de descendre de l'avion et d'arriver à mon hôtel, et qu'est-ce qu'il est sympa ! Je vous assure que je vais bien profiter de la petite semaine que je vais passer ici. D'ailleurs, je n'ai pas vraiment eu le temps de préparer mon séjour [air débordé], *si vous avez des recommandations à me donner, des choses à voir, à visiter ou à faire dans le coin, n'hésitez pas à m'écrire toutes vos suggestions ! Vous avez toujours de super idées ! »*

Quand je voyage en dehors de Bruxelles, à part si c'est pour le travail, je demande toujours aux gens qui me suivent des conseils, et je vous assure que c'est souvent en grande partie grâce à eux que je passe le meilleur des séjours, où que je sois.

Je découvre très rapidement les premières réponses qui arrivent dans la minute qui suit – entre deux messages de personnes qui ont vu ma précédente *story* du hublot de l'avion et qui me disent que ce n'est (vraiment, vraiment) pas bien d'avoir opté pour ce mode de transport pour se déplacer de Bruxelles à Biarritz alors que c'est tout à fait réalisable en train. Elles ont arrêté de me suivre pour ça, enfin je crois. Souvent, j'ai tendance à croire que les gens m'aiment parce que je parle de livres sur les réseaux sociaux, mais pas dans ce cas-ci. Je suis d'accord avec elles, bien sûr, mais je n'avais pas trois cents euros de plus à mettre dans mes frais de transport pour des vacances que j'attendais depuis tant de temps. Désolé, contrairement aux idées reçues, très chères Catherine et Lara, les créateurs de contenu ne sont pas toujours riches avec des dizaines de zéros sur leur compte bancaire.

Je découvre donc les premières recommandations laissées par toutes les autres personnes déjà passées par la région. Ce que j'ignorais, c'est qu'il n'est pas facile de se baigner par ici, tellement les vagues peuvent s'avérer renversantes et d'une puissance extrême. Véritable paradis des surfeurs, Biarritz n'est pas la destination de vacances la plus prisée et recommandée pour se poser sur un matelas gonflable en compagnie d'un bon bouquin. Parmi les premières idées de ma communauté : visiter l'aquarium, se promener jusqu'au rocher de la Vierge, parcourir les halles du centre-ville, et surtout surfer. Je suis contre l'idée de voir des animaux enfermés et, me connaissant, je risque de me noyer pendant un cours de surf. Ce n'est pas une blague ! Je n'ai vraiment pas le corps d'un surfeur. Je peux faire la baleine, ce sera plus simple. Et puis pour le reste, je verrai plus tard car là je n'ai qu'une envie : me reposer et prendre du temps pour moi. Ce que je mérite depuis un certain temps. J'éteins mon téléphone, je mets mon maillot, m'empare de ma serviette et de ma lecture en cours, et je vais profiter du soleil depuis une chaise longue près de la piscine de l'hôtel. Le bruit de l'océan m'apaise.

*

Malgré quelques turbulences et un trou d'air qui a fait valdinguer mon estomac dans tous les sens, j'ai surmonté l'une de mes plus grandes peurs. Non, les gens ne m'ont pas applaudie à l'arrivée. Même pas de médaille ou de trophée, rien ! Ils ont jugé bon d'applaudir à l'atterrissage, sans doute pour le pilote qui l'a exécuté tout en douceur. Moi aussi j'aimerais que les personnes m'acclament lorsque j'écris un bon article. J'aimerais que les personnes qui me suivent sur les réseaux m'envoient des cœurs par milliers, des réactions, des commentaires et des messages.

Il passe devant moi, pour prendre l'ascenseur de l'hôtel. Je regarde le tableau d'affichage juste au-dessus des portes. J'ai envie qu'il reste bloqué, mais non, quel dommage. Un jour, le karma va me jouer un mauvais tour. Je n'y crois pas. Il s'arrête au sixième, l'étage de la piscine et du bar perché. C'est vrai que cet endroit doit être vraiment sympa pour prendre un bain de soleil face à l'océan, en compagnie d'un livre adoré. Un décor paradisiaque. Je dois le choper ! J'ai envie de l'attraper par le cou, de l'empêcher de respirer, de ne plus jamais entendre le son de sa voix. Que ses milliers de *followers* me reviennent et le pleurent. Qu'il aille se faire foutre avec son « *Salut les amis, j'espère que vous allez bien. N'hésitez pas à me dire votre humeur du jour, vous savez que ça me fait toujours plaisir de le savoir* », car personne n'en a rien à foutre. Et en plus, c'est d'une hypocrisie sans nom, car il ne lit aucune des réponses des personnes qui s'évertuent à lui écrire. Comme les livres dont il parle : il ne les lit pas, c'est juste du vent. Je me souviens qu'il avait même dit que parfois il appelait par téléphone des personnes de sa communauté pour discuter avec elles. C'est faux ! Il a bien autre chose à faire.

Avant de me rendre dans le Pays basque, ma mission était de connaître à tout prix l'établissement où il avait réservé son séjour. C'est un amoureux des hôtels, le petit déjeuner étant son moment préféré, surtout quand il s'agit d'un buffet et qu'il y a du salé, il l'a dit des dizaines de fois en *story*. Je devais loger au même endroit que lui, j'étais prête à tout, je vous l'ai dit. Après une matinée d'appels aux hôtels de la ville, c'était gagné.

— Hôtel du Plateau, la réception bonjour, comment puis-je vous aider ?

— Bonjour, monsieur, j'aimerais réserver un séjour dans votre établissement afin de faire une surprise à l'un de mes amis de longue date, que je n'ai pas vu depuis un certain temps et qui séjournera au même moment chez vous... Il s'agit de M. Froissart, dis-je avec le sourire, convaincue.

— Attendez une seconde… En effet, M. Froissart viendra en juin prochain, que souhaitez-vous lui faire comme surprise ? Nous allons vous aider à la réaliser, avec plaisir ! Si c'est possible pour nous, évidemment !

— Oh, c'est super gentil ! Écoutez, je vais simplement venir moi aussi dans votre hôtel et la surprise sera assurée, car il ne s'y attend pas. Je voudrais donc une réservation du…

Et là, je croise les doigts de ma main gauche en espérant à tout prix que l'homme au bout du fil complète la phrase que je viens de commencer.

— Du 14 au 20 juin, c'est ça ?

Comme je suis forte ! La chance est avec moi. Quand je vous dis que je ne crois pas au karma.

— Oui, c'est bien ça, merci beaucoup ! réponds-je avec le sourire aux lèvres, qui s'entend à des milliers de kilomètres au bout du fil. Mais moi, je vais juste venir une nuit, du 14 au 15, donc.

— Très bien. À quel nom, pour la réservation ?

— Closson, s'il vous plaît. C-L-O-deux S-O-N, Delphine.

— Est-ce que je vous mets également une chambre supérieure comme M. Froissart ?

— Oh oui, tant qu'à faire, je ne suis jamais venue dans la région, c'est l'occasion de se faire plaisir !

— Ah, mais je vois que je peux vous mettre dans la chambre juste à côté ! Ça vous convient, madame Closson ? m'interroge-t-il.

Je n'en reviens pas, je vais dormir à quelques centimètres de lui. J'ai envie de crier, de sauter partout, de danser.

— Bien sûr, c'est une merveilleuse idée !

— Vous viendrez accompagnée ?

— Non, je serai seule.

J'attends quelques instants.

— Très bien, c'est noté. Le montant global de votre séjour s'élève à 385,78 euros.

Je manque de m'étouffer au téléphone, et il continue :

— Petit déjeuner compris (manquerait plus qu'il ne le soit pas). Je vais maintenant prélever un acompte sur votre carte bancaire de 200 euros, si cela vous convient, le reste sera à régler sur place à votre arrivée, en plus de la taxe de séjour.

Je lui communique mes coordonnées bancaires.

— C'est parfait ! J'ai hâte !

— Fantastique. D'ici là, je vous prépare une liste d'activités à faire à Biarritz et aux alentours, vous pourrez fêter ça dignement avec votre ami ! Ça vous dit ?

— Oh génial, bonne idée ! Et évidemment, motus et bouche cousue, mais j'imagine que je peux compter sur vous.

— Oui, je ne voudrais pas gâcher cette belle surprise ! À bientôt, madame Closson !

Bip, bip, bip. Je reste suspendue au téléphone quelque temps, et je réfléchis à mon plan.

Voilà comment je me retrouve, deux mois plus tard, dans la chambre juste à côté de Corentin, le temps d'une nuit. Je n'ai qu'une envie : le rejoindre et l'achever, une bonne fois pour toutes.

*

J'ai dormi d'une traite, de 22 heures à 9 heures du matin, comme un véritable bébé, emmitouflé dans ma couette. Il n'y avait aucun bruit, juste une vague de temps à autre qui venait s'abattre sur les rochers. Avant de m'endormir, j'ai montré aux personnes qui me suivent ma lecture en cours. Ce matin, quand je consulte mon téléphone, j'ai des dizaines de réactions et de messages. Des gens qui l'ont adorée, d'autres qui ont détesté. Certains qui ont pleuré à la fin, d'autres qui l'ont trouvée inutile. Ou encore celles et ceux qui attendent mon avis pour la sortir de leur pile à lire et s'empresser – ou pas – de s'y plonger. C'est ça, le pouvoir des mots et la force de la littérature : à travers un plaisir a priori solitaire, il est possible de créer du partage, de la discussion et surtout, de ressentir et de s'émouvoir. Que j'aime mon métier !

La salle du petit déjeuner est presque remplie, et le buffet proposé par l'établissement est exquis. Des viennoiseries, de la confiture – à l'abricot et aux fruits rouges –, de la salade de fruits frais, des yaourts mais surtout de la charcuterie, des œufs, et ce que je préfère manger par-dessus tout dès le matin quand je suis à l'hôtel : du saumon. Entre deux pages, une jeune femme s'approche et regarde ce que je suis en train de lire. Moi aussi j'adore faire ça quand je croise quelqu'un qui bouquine. C'est peut-être étrange, mais je ne peux m'en empêcher – quitte à risquer de me faire voir et que l'on me prenne pour un demeuré !

— J'ai adoré le livre que vous lisez ! Quelle chance de le lire pour la première fois.

— Ah oui, j'aime beaucoup aussi. J'arrive au bout… mais attendez, nous nous sommes déjà croisés, non ?

J'étais certain de l'avoir déjà aperçue quelque part.

*

Moi qui pense depuis le début qu'il se fiche des visages croisés, je me suis trompée sur toute la ligne, et j'ai été incapable de mentir et de me cacher plus longtemps. Il m'a bien vue à Bruxelles quand il promenait son chien, presque par hasard. Il m'a bien aperçue à l'aéroport et dans l'avion, remplie de gouttes sur le visage, tremblante de peur. Il a même une photo de moi sur son téléphone, qu'il me montre. Pire, il connaît mon blog littéraire. Il me lit et s'inspire de mes recommandations.

— Mais oui, je t'ai déjà vue à Bruxelles, et pas qu'une fois. C'est un microcosme, tu sais, tout le monde se connaît. Je me promène régulièrement sur ton blog, et d'ailleurs je suis souvent tes conseils.

— Tu es en train de me dire que tu fais partie du peu de visiteurs qui naviguent sur ce blog qui est presque mort ?

— Oui oui, et même si parfois je trouve que tu parles de livres qui n'ont pas besoin de visibilité, tes avis sont toujours intéressants, bien que l'orthographe laisse souvent à désirer.

Corentin se lève, quitte la salle du petit déjeuner, mais je n'ai pas l'intention de me laisser insulter sans rien dire. Et puis quoi, encore ? Je le suis dans le hall et jusqu'à l'ascenseur.

— C'est bon, on ne peut pas être parfait. Ce n'est pas parce que tu réussis tout que tu peux te permettre de dire ça comme ça. Je fais toujours de mon mieux, j'essaie, et depuis un bon nombre d'années. Et puis, contrairement à beaucoup, et c'est peut-être ton cas, je n'ai pas envie de poster du faux juste pour plaire.

— Mais attends, tu penses vraiment que je me fous des gens qui me suivent et que je ne lis pas les livres dont je parle ?

— Bah tu sais, tout le monde fait ça aujourd'hui : que de la mise en scène, du bling-bling, des paillettes et du faux, tout ça pour attirer des likes, des commentaires, des réactions et se faire mousser en ayant l'approbation des autres. Peut-être que je devrais m'y mettre aussi, finalement.

— Et tu t'es dit que c'était mon cas alors que je suis ton blog de manière assidue et que je l'adore ? C'est fou ce que la jalousie peut amener. Tu crois vraiment que si les gens me suivent de plus en plus et que tout ça fonctionne bien, c'est parce que je publie du faux ?

— Non mais vraiment, sérieusement, comment tu peux faire pour lire autant de livres, en parler si vite alors qu'ils ne sont même pas encore sortis ? Tout ça entre un concert, une séance de cinéma et des restaurants où t'es toujours invité sans même payer une seule consommation ? Tu trouves ça normal ? Et en plus de ça, gérer toute ta vie privée.

— Eh bien, crois-moi, j'y arrive et ça fonctionne plutôt bien.

Il me dit tout ça, je ne peux plus faire face. Tout ça, je le découvre car nous sommes actuellement tous les deux bloqués dans l'ascenseur depuis quinze minutes, entre le troisième et le quatrième étage. J'aurais dû croire au karma. C'était certain qu'il allait un jour se retourner contre moi. Nous y voilà ! Je me demande combien de temps tout cela va durer. C'est insurmontable, insupportable.

— Oui, j'ai bien remarqué, et dis-toi qu'il y en a des centaines comme moi, qui rêvent de vivre ta vie. Ça doit être tellement génial !

— C'est bon, j'ai bien compris que tu rêvais de la vie que j'ai, que tu étais envieuse et jalouse, tu l'as évoqué plusieurs fois depuis que nous sommes enfermés ici. On ne peut pas parler d'autre chose ? Parce que franchement, j'ai travaillé dur pour en arriver là, et c'est toujours le cas aujourd'hui. Il ne faut pas croire que je ne lis pas les livres, que je prends juste des photos, que je vais chercher des chroniques déjà écrites pour me les approprier en changeant trois mots et en inversant deux phrases. Ou encore que je paye des abonnés. Et puis, que sais-tu de ma vie dans le fond ? Qui a dit que j'avais une vie de rêve ? Ce que tu vois, c'est souvent magnifié, c'est ce que j'ai envie de montrer et de partager. Mais au fond, que connais-tu de moi ? Et puis, qu'est-ce que tu fous à Biarritz aussi ? Pourquoi as-tu fait croire à l'établissement que tu souhaitais me faire une surprise ? Tu pensais que je n'étais pas au courant ? Pas de chance, le réceptionniste m'a demandé si je l'avais appréciée, cette surprise.

Je reste bouche bée. Plus un mot ne sort de ma bouche. Je suis prise dans les filets de mon propre piège. Je suis incapable de répondre à ses questions. Je me sens minable et honteuse à la fois.

— Quand tu as annoncé que tu venais quelques jours à Biarritz seul, je me suis dit que c'était le meilleur moyen pour moi de pouvoir t'approcher, et peut-être te parler.

— C'est fou, on habite la même ville, le même quartier. C'est cher payé pour pas grand-chose. Tu aurais pu venir me trouver directement là-bas.

L'ascenseur bouge un peu, les techniciens sont sans doute en train de régler les derniers paramètres pour qu'il reparte. Les lumières s'éteignent. J'allume la lampe de poche de mon téléphone, même s'il ne me reste que vingt-cinq pour cent de batterie et aucun réseau. J'ai presque aussi peur que dans l'avion quelques heures auparavant.

Je regarde le visage de Corentin dans le miroir qui nous fait face à tous les deux, droit dans les yeux. Et d'un coup, il me dit, le sourire aux lèvres, en tendant devant son visage un couteau qu'il avait pris sur la table du petit déjeuner et dissimulé dans la poche de son pantalon :

— Alors comme ça, t'étais tellement jalouse que tu avais envie de m'achever ?

Il a dû m'entendre en parler au téléphone tout à l'heure, dans la salle du petit déjeuner, avant que j'aille l'aborder.

L'ascenseur s'éclate au sol.

*

Corentin Froissart vient de publier sur Instagram une photo de sa bibliothèque avec ce texte :

« *Je rêve d'un monde où l'on arrête de s'entretuer pour des cœurs sur des écrans éphémères, où on défend ensemble le plus bel objet du monde qu'est le livre, mais nous n'en sommes pas capables. Où le pouvoir des mots serait omniprésent. La force des phrases. La puissance des lettres. J'avais une petite dizaine de livres dans mes bagages pour six jours, seulement six jours. Il n'y en aura aucun de plus. Et un livre inachevé, pour toujours. Ma pile à lire ne sera peut-être jamais terminée, et n'est-ce pas ce qu'il y a de plus beau ?* »

*

La page Internet que vous cherchez n'existe plus.

MA SAISON PRÉFÉRÉE

Jessica Cymerman

Ma tête est lourde, mes bras endoloris, je ne sens plus mes jambes. Un liquide épais et salé se répand dans ma bouche, j'essaie de le laper avec ma langue mais elle refuse de bouger. Maudite langue. Mon cœur bat, je le sens exploser. Voilà qu'il ralentit. Dans un ultime effort, j'essaie de tourner la tête pour voir si mon amoureux réagit. Mes cervicales m'empêchent d'incliner le cou. Il est long pourtant, ce cou. On a toujours dit ça de moi : « Elle a un long cou, elle ressemble à un cygne. » J'ai froid, maintenant. Pourtant il faisait chaud ce soir. J'ai pensé en m'habillant qu'un body et un blaser noir suffiraient. J'avais tort. Je grelotte, mes lèvres tremblent. La ceinture noire que j'avais mise pour rehausser mon pantalon blanc me serre. Comme je voudrais pouvoir l'enlever. Tout enlever et me libérer de cette situation stupide. Si mes lèvres tremblent c'est que je suis en vie, n'est-ce pas ? Pourquoi personne ne vient me sortir de cette voiture ? Que font-ils donc ? Une mèche de cheveux recouverte de sang vient se nicher dans la commissure de mes lèvres. J'ai peur. Je veux voir mes fils. Je sens des larmes couler sur mes joues. L'une d'elles atteint ma bouche et vient se mêler au goût du sang. C'est salé.

J'entends des sirènes. Ils arrivent, ils vont me sauver, je veux vivre.

« Oh mon Dieu, que s'est-il passé ? »

Ce sont mes derniers mots. C'est ce que racontera le pompier à la police.

« Je lui ai tenu la main. Puis d'autres ont pris le relais. Tout cela s'est passé en l'espace de deux ou trois minutes. Elle avait l'air d'aller bien. »

Je n'allais pas si bien. Je suis morte juste après. Après avoir invoqué Dieu. Après m'être demandé ce qui m'arrivait. Après avoir balbutié les prénoms de mes enfants.

Pourtant c'était l'été, une saison chère à mon cœur, ma saison préférée.

C'est l'été. Le 1er juillet 1961. Je suis née. Je devais être un garçon. Et me voilà fille. Quelques mois avant ma naissance, mes parents avaient eu un fils mort-né. Ma mère était retombée enceinte le mois suivant. Chez ces gens-là, on ne prend pas le temps de pleurer, ça ne se fait pas, on se relève, on continue, on affronte la vie. Elle était persuadée, elle le racontait à quiconque voulait l'écouter, qu'elle aurait à nouveau un fils. Un remplaçant.

Le jour de ma naissance a donc été un jour de déception pour mes parents.

Il me faudrait rattraper ça, cette bourde d'être née fille. Il me faudrait tenter de les émerveiller le plus possible au cours de ma vie.

*

De plus jeune de la famille, je suis devenue la troisième à la naissance de mon frère chéri. J'avais presque 3 ans. C'est un des souvenirs les plus doux de ma vie. Comme je l'ai attendu ! Comme je l'ai aimé ! Mes parents étaient si heureux d'avoir enfin ce garçon tant espéré. C'était à l'été 1964 et notre foyer, croyais-je, n'était que joie, rires et bonheur.

J'avais tort.

*

J'avais 6 ans, en 1967, quand ma mère a quitté mon père pour épouser son amant. Mes deux grandes sœurs disaient que c'était « cool ». Il n'y a rien de cool à être abandonnée par sa mère pour un autre homme que son père. Je l'ai maudite. À quoi ça sert le mariage, alors, si c'est pour le réduire à néant pour un amant ? Avait-elle seulement pensé à nous quatre, ses enfants ?

Maman ne s'est jamais occupée de nous ni pendant son mariage avec papa ni après. Lorsque arrivait la fin du mois de juin, j'espérais toujours que le 1er juillet, elle viendrait me chercher pour fêter mon anniversaire. Je claironnais à l'école : « Maman va venir ! On ira à Londres ! Elle va m'offrir des belles tenues et nous ferons de grandes balades à cheval. » Mais elle ne venait jamais.

Alors je me mordais l'intérieur des lèvres, je baissais le cou et le regard et je retenais mes larmes.

*

J'avais 8 ans tout juste lorsque des hommes, des Américains, ont marché sur la Lune. Papa m'a fait croire que c'était pour mon anniversaire. Nous les avons regardés sur le poste de télévision du salon. J'étais émerveillée tant par la légèreté de leurs pas que par le fait que le monde entier avait les yeux rivés sur eux. Leurs noms allaient entrer dans l'histoire, on parlerait d'eux un siècle plus tard, c'était certain.

Le lendemain je me suis prise à rêver d'être célèbre comme eux. Je m'auto-interviewais devant la glace de la salle de bains, je mimais les gestes des stars de cinéma qui me faisaient rêver. Au sommet de mon panthéon, résidait Marilyn Monroe. Sa blondeur, sa bouche en cœur, ses fans, ses amoureux par dizaines et ce côté intouchable et sexy qu'elle dégageait. Elle était morte lorsque j'avais 1 an. C'était l'été, évidemment, août 1962. Elle avait 36 ans. Et 36 ans, c'est jeune pour mourir, pensait ma nanny, et elle ajoutait : « Quel gâchis. » Des photos d'elle tapissaient ma chambre de petite fille.

Un journaliste imaginaire m'a soudain demandé : « Mademoiselle, vous qui êtes si célèbre, est-ce que cela vous rend heureuse ? »

À ce moment-là, ma nanny a ouvert la porte.

*

Mon père s'est remarié. J'avais 14 ans. Je n'ai jamais considéré cette femme comme ma mère. Papa était fou d'elle. Finalement je n'ai jamais eu de mère. La mienne m'avait abandonnée et l'autre n'était que la femme de mon père. Alors pour me consoler, l'été de mes 15 ans, sur ma chaîne stéréo, j'écoutais le tube du moment, *Don't Go Breaking My Heart*. Comme j'aimais Elton John ! Tout me plaisait chez lui. Ses doigts sur le piano, ses tenues et, par-dessus tout, sa liberté.

*

Je n'étais pas une élève brillante. J'aurais voulu être danseuse, mais chez les gens comme nous, la haute bourgeoisie, le sang bleu, ça ne se faisait pas. Un temps j'ai travaillé dans un jardin d'enfants, mais mon père ne voyait pas cela d'un bon œil. L'été de mes 18 ans, il m'a convoquée pour m'indiquer qu'il déciderait pour moi de mon avenir. Je n'avais pas le choix. « C'est comme ça que ça se passe chez nous. Mais tu verras, ça se passera bien. » Je l'ai cru.

L'été de mes 19 ans – fin juillet – j'ai rencontré, ou plutôt on m'a fait rencontrer, celui qui deviendrait mon mari.

*

Je n'ai pas eu de coup de foudre. J'étais trop impressionnée. Je n'avais jamais été amoureuse, alors je me suis imaginé que ce devait être ça, les joues qui rougissent, les yeux qui se baissent, les sourires gênés. Il m'a pris la main, je me suis laissé faire. Après tout, il avait treize ans de plus que moi, il savait y faire.

Il était charmant. Oh, pas dans le sens de beau, mais dans le sens attentionné, distingué. De l'expérience et des amoureuses, il avait dû en avoir, à

32 ans. Je ne connaissais rien au sexe, il serait mon pygmalion. J'y croyais fort.

*

Nous nous sommes vus treize fois. Treize fois et je lui ai dit oui. Treize fois durant lesquelles sa bouche n'a même pas tenté de frôler la mienne. Treize fois durant lesquelles j'ai, comme à l'accoutumée, baissé les yeux, ce qui à force me conférait un regard à la Lauren Bacall. Treize fois et pas un seul mot doux, un seul geste tendre. Une amie m'a conseillé de renoncer, arguant que des rumeurs racontaient que son cœur était pris ailleurs. J'aurais dû l'écouter. Je me suis laissé embarquer. Ma vie commençait à m'échapper.

*

29 juillet 1981. J'avais 20 ans. Une robe blanche qui me donnait des airs de meringue. Les regards étaient sur nous. Je ne pouvais pas m'enfuir et pourtant je savais déjà que mon mari ne me rendrait pas heureuse. Je ne l'aimais pas. Il ne m'aimait pas. Pourquoi diable avais-je accepté ? D'ailleurs, avais-je accepté ? Non, on m'avait imposé cet été-là, cet homme-là. Mes parents se réjouissaient, mes sœurs et mon frère aussi.

L'assemblée semblait réjouie également. Le monde entier était réjoui. Sauf moi.

*

La nuit de noces n'eut pas lieu le soir même, mais le lendemain, le 30 juillet.

« Je suis crevé » a-t-il dit, comme une punition. Et j'ai senti dans ses mots et dans son regard fuyant que j'avais fait la plus grosse connerie de ma vie.

Le lendemain matin, dès l'aube, il s'est mis nu devant moi. La nausée m'a prise. Je n'avais jamais vu un sexe d'homme. Il me dégoûtait. J'ai gardé le regard fixé sur la grosse horloge qui faisait face à notre lit.

Quand ça a été terminé, je suis restée là, hébétée. Du sang coulait entre mes jambes. Et des larmes sur mes joues.

*

« Tu t'y feras », m'a promis ma sœur aînée. Puis elle a ajouté : « Les contes de fées, ça n'existe pas. Sois déjà heureuse d'être bien mariée ! »

Ainsi, je devrais me satisfaire de ça. De lui. De son visage dégoûtant, de son sexe pendant, de ses lèvres sèches, de son haleine fétide, de sa famille antipathique.

Ainsi, ma vie ressemblerait à ça. La promesse du bonheur avait donc décidé de me laisser en plan. Autour de moi, les gens me pensaient heureuse. Je ne l'étais pas, je ne le serais jamais.

*

En septembre, je suis tombée enceinte. Quand je lui ai annoncé, échographie à la main, il n'a même pas souri, il a presque soupiré quelque chose comme « enfin une bonne nouvelle » ou peut-être était-ce « enfin un héritier ». Passé les trois mois durant lesquels je dormais beaucoup, j'étais pleinement heureuse. Mais lui continuait de m'ignorer. Alors, durant les vacances de Noël, juste après que sa mère m'avait fait une remarque sur mon style vestimentaire et mon « laisser-aller », je me suis jetée dans les escaliers. Je voulais en finir, je refusais de partager ce bébé avec lui.

J'étais à terre, lui se tenait debout droit devant moi. Aucune émotion n'est venue effleurer son visage. Il m'a tendu la main, m'a ordonné de me relever et, sans se soucier de mon état, a simplement dit : « Mais enfin, tu es folle, repose-toi, les hormones te montent à la tête. »

*

L'été suivant m'a sauvée. Le premier jour de l'été, le 21 juin 1982, j'ai accouché d'un trésor. Un petit garçon parfait, aux traits fins et aux lèvres charnues.

Mon mari avait choisi la date parce que « ça l'arrangeait ». La veille, il était occupé, et le lendemain aussi. Le médecin a donc provoqué mon accouchement selon les désirs de mon mari. Qui se souciait de moi ?

Mais peu importe, ce miracle était entre mes mains et je l'aimerais plus que tout, plus que moi, plus que la vie.

*

Comme j'ai aimé les mois qui ont suivi ma rencontre avec cet enfant ! Car avec lui, il s'agissait bien d'une rencontre. Lui et moi contre le monde entier. Je le reniflais, je dormais avec lui, je chérissais chacun de mes moments avec lui.

Mon mari observait d'un mauvais œil ma liaison avec notre fils. Et moi, j'observais ses liaisons qu'il dissimulait à peine. C'était le chat et la souris.

Quand parfois nous nous retrouvions, il se moquait de moi, de mon regard fuyant, de mes goûts de fille simple et de mon ventre qui peinait à dégonfler. Je commençais à le haïr.

*

Ainsi, il voulait que je sois plate, transparente peut-être aussi ? Alors je me suis mise à me faire vomir. Tous les soirs. Puis tous les midis, et enfin quatre fois par jour. Je vomissais cette vie, ce mari, je vomissais ma solitude, je vomissais ma peine.

Pourtant, mon ventre ne se creusait pas. Il restait gonflé.

*

C'est à la fin de l'été 1984 que j'ai accouché de notre deuxième fils. J'avais su par le gynécologue que ce serait un garçon. Lui, mon affreux mari, désirait une fille plus que tout au monde. Alors je me suis tue, je n'ai rien dit, je l'ai laissé fantasmer sur la petite fille à papa qui viendrait lui faire des baisers sur les joues chaque soir. Et lorsque cet enfant est né, le visage de mon mari a été déformé par un rictus de colère et de déception. Non, ce n'était pas une fille. Et en plus, il était roux.

*

Mon tout-petit, mon amour. Les plus folles rumeurs ont commencé à courir sur lui, mon bébé. Il ne serait pas l'enfant de mon mari. Il serait celui d'un amant. Oui, mais quel amant ? Comme j'aurais aimé avoir, comme ma mère, un amant qui m'enlèverait et me ferait l'amour avec passion. Comme j'aurais aimé que mes deux fils ne soient pas ceux de mon mari. Je passais mes journées à élever et à aimer nos fils. Lui passait ses journées à me haïr et à baiser avec sa maîtresse. Il ne s'en cachait même plus.

*

Alors j'ai pris des amants. Un par-ci. Un par-là. Ce n'était pas de l'amour. C'était ma façon d'être libre, de découvrir la vie, le plaisir, l'extase. J'ai eu des orgasmes. J'ai eu des hurlements de joie. J'ai eu des « ouiiii encoooore ».

Et chaque soir, je continuais de me faire vomir pour me punir de ce que j'étais devenue. Une salope.

*

De plus en plus, nous nous sommes évités. Mais nous étions-nous déjà rencontrés ? Je le détestais autant qu'il me détestait. Mon seul réconfort résidait dans la présence de mes fils.

Lui avait une maîtresse officielle. Moi je prenais au moins le soin de me cacher.

J'avais peur de lui, je dormais avec mes enfants chaque soir. Sauf ceux où j'arrivais à m'échapper pour une nuit avec l'un de mes amants.

*

J'avais 30 ans et j'étais en apnée dans une vie qui m'étouffait. Rien n'allait. Je voulais mourir. J'étais humiliée sans cesse. Je méritais mieux que ça. Je voulais choisir ma vie. À l'été 1992, j'ai décidé de décider. J'allais demander le divorce.

Une amie m'a suppliée d'abandonner cette idée jugée saugrenue. « On ne divorce pas chez les gens comme vous », a-t-elle dit. Elle a ajouté que j'avais tout à y perdre. Perdre quoi ? Je m'étais déjà perdue, moi. Rien ne serait pire. Je devais me sauver de cette vie-là et sauver mes fils.

Les gens comprendraient. Les gens comprennent toujours les victimes.

*

Quelques jours avant Noël, en décembre 1992, j'ai enlevé ma bague de fiançailles. Tu peux toujours la chercher, je l'ai cachée. Tu peux toujours dire au monde entier que je suis folle, instable, dépressive, suicidaire, nymphomane, bonne à rien, désespérée, idiote, mauvaise mère et menteuse. Je m'en cogne. J'ai enlevé ta putain de bague, je suis libre et tu vas payer, je vais pas te louper.

*

Tu m'as dit : « Tu n'auras rien, tu entends, RIEN ! Personne ne me traite comme ça. » Et moi j'ai ri.

Non seulement j'aurai mes enfants, mais j'aurai aussi ton fric et le monde à mes pieds.

Et toi, tu auras ta vilaine maîtresse, ta vilaine mère et ton entourage d'hypocrites.

Tu t'es mis à crier. J'ai crié plus fort, mon regard ne pointait plus vers le bas. Je plantais mes yeux dans les tiens.

J'ai eu un fou rire.

Tu t'es approché de moi pour me gifler, mais j'ai retenu ta main.

« Tu es capable de lever ta main, espèce de lâche, mais c'est bien tout ce qui se lève chez toi. Le sexe faible c'est toi, dans notre couple, et tout le monde le sait. J'ai pris plus de plaisir avec mon dernier amant qu'avec toi en douze ans. Si tes fils sont formidables, ce n'est certainement pas grâce à toi. D'ailleurs ce ne sont pas tes fils, abruti. »

À cet instant, tu as oscillé entre le doute et la folie. Et j'ai aimé ça.

Évidemment que ces deux garçons étaient les tiens.

Tu as menacé de faire un test ADN. J'ai ri à nouveau. Évidemment que ce sont les tiens, j'ai commencé à baiser ailleurs quand tu ne t'es plus caché avec ta maîtresse.

*

Le temps a passé, nous nous sommes séparés. Je t'ai prêté les enfants quand tu avais besoin de te pavaner avec eux. Le reste du temps, ils étaient avec moi. Je les ai aimés plus qu'aucune mère n'aime ses fils. Je sais bien que toutes les mères disent ça, mais moi c'est vrai. Ils étaient ma plus belle victoire. Mes trophées.

J'avais à peine 33 ans, la vie devant moi, un paquet de fric et des amis haut placés. Je n'avais jamais été aussi belle, je mordais la vie à pleines dents.

*

À la fin de l'été 1995, j'ai rencontré un homme. L'homme de ma vie. Tout l'opposé de toi. Il était beau, sauvait des vies, s'était battu pour en arriver là. C'était l'été et nous avons entamé une relation que j'ai gardée secrète pour ne pas que tu viennes me faire chier. Nous n'étions pas encore divorcés légalement, je voulais éviter le scandale. Encore une forme de politesse de ma part, parce que toi tu ne te gênais pas avec l'autre, celle que tu avais toujours aimée, finalement.

Enfin, à l'été 1996 – encore l'été –, notre divorce a été prononcé. J'ai sabré le champagne avec lui et nous avons fait l'amour avec toute la délicatesse que tu n'avais jamais eue envers moi.

*

Un soir d'octobre 1996, tu es venu me rendre visite pour t'excuser. Tu te rendais compte du mal que tu m'avais fait. Tu disais vouloir entretenir de bonnes relations entre nous pour nos fils.

Je t'ai promis que je ferais de mon mieux, mais que je risquais de me remarier prochainement et que tu ne pourrais pas t'y opposer. J'étais libre, enfin.

Tu n'as rien dit. Cette fois, c'est toi qui as baissé le regard, et tu es parti.

J'ai pris ça pour une bénédiction de ta part.

*

J'ai été si heureuse avec lui. « Pour vivre heureux, vivons cachés », ne cessait-il de me répéter. Mais moi je voulais rencontrer sa famille, ses amis, je voulais crier au monde mon amour pour lui. Je voulais hurler ma joie !

Nous avons caché notre idylle durant deux ans. Ça ne me convenait pas. Je voulais être sa femme, je voulais lui faire un enfant.

Il a pris peur. Il a pleuré en m'annonçant que ça n'allait pas être possible, que notre passion le dévorait. Elle me dévorait aussi et je me sentais vivre auprès de lui. Il restera mon grand amour, nous aurions été heureux ensemble. Il était le seul être à me procurer de la joie. Dieu que j'étais bien avec lui !

Ça a été sans appel. Sa famille ne m'aimait pas et voyait d'un mauvais œil notre romance. Ils allaient lui trouver une femme plus docile, plus calme, moins fantasque. Et moins amoureuse aussi.

Juste avant l'été 1997, nous avons rompu. J'ai tant pleuré. Je l'ai maudit. Je me sentais vide à nouveau. Mes fils avaient grandi, j'étais seule. Mon ex-mari avait raison, je serais seule. Trop jeune, trop belle, trop riche, trop trop trop...

*

Alors je suis allée sans tarder me réfugier dans les bras d'un autre homme. Tout de suite. Sans attendre qu'une semaine ne passe. Je voulais l'oublier, je voulais me venger. J'ai pris le premier venu. Un bellâtre milliardaire. Il m'a promis la lune, celle qui m'avait fait rêver en 1969. Il m'a dit : « Je vais te gâter et te traiter comme une princesse, tu auras tout ce que tu veux. »

En lieu et place de la lune, il m'a embarquée à Saint-Tropez, là où il faut être vu en été. Je venais de fêter mes 36 ans, je désirais plus que tout un enfant, je fantasmais sur cette vie de liberté. Mais je n'étais pas libre, je manipulais mon entourage, je fabriquais une fiction pour donner à boire et à manger aux curieux assoiffés de plus de scandales. Mes deux fils ont aimé cet été-là. Je les ai emmenés avec moi partout. Sur les plus grands yachts, dans les restaurants les plus chics, sur les plages les plus hype. Je changeais de maillot de bain cinq fois par jour. Je buvais du champagne au petit déjeuner, je riais fort, j'en faisais des tonnes.

*

Mon nouvel amant et moi, nous nous pavanions bras dessus bras dessous. Je crois qu'on était là pour les mêmes raisons, lui et moi. Et ce n'étaient pas les bonnes raisons.

J'étais entourée d'argent, de luxe, de rires, et pourtant je me sentais infiniment seule. J'étais devenue cette femme pourrie gâtée mais terriblement malheureuse.

*

Mes fils sont partis rejoindre leur père. Nous avons quitté Saint-Tropez pour la Sardaigne. L'été touchait à sa fin et mon amant a voulu me surprendre, m'en mettre plein la vue. « Je t'emmène dans la ville de l'amour. »

J'ai pensé à Venise, mais nous avons atterri dans son jet privé à l'aéroport du Bourget, près de Paris.

J'aimais tant cette ville ! Quelle plus belle idée pour clore cet amour estival.

Je pressentais qu'il voulait déjà me demander en mariage. J'aurais dit oui. J'aurais dit oui à tout pour échapper à l'échec de mon histoire précédente, à l'échec de mon mariage, à l'échec de ma vie.

Il se serait mis à genoux, il aurait dit qu'il voulait passer le reste de ses jours à me rendre heureuse. Après tout, n'était-ce pas ce que j'attendais ?

Le lieu ne lui convenait pas, il voulait plus d'intimité.

*

J'ai pris mon blazer noir, troqué mes baskets pour de petites sandales noires à talons et comme des ados, nous avons pris la voiture. Son chauffeur roulait vite. Ça m'amusait. Nous allions enfin nous retrouver seuls dans ce lieu intime que je ne connaissais pas encore. J'étais excitée à l'idée de cette escapade inopinée. Ça nous conférait des airs de rockeurs. Sa main était dans la mienne, mon regard dans le sien. Je riais, je crois bien. Oui, je riais.

*

J'entends des sirènes. Ils arrivent, ils vont me sauver, je veux vivre.

« *Oh mon Dieu, que s'est-il passé ?* »

Ce sont mes derniers mots. C'est ce que racontera le pompier à la police.

*

On m'a transférée dans un hôpital parisien. Je suis morte à 4 h 25 le 31 août 1997. J'avais 36 ans.

L'été m'aura vue naître, me marier, mettre au monde mes deux fils, divorcer et mourir. Enfin.

*

Souffrant d'une importante hémorragie interne, la princesse Diana est morte cette nuit à l'âge de 36 ans.

*

« Mademoiselle, vous qui êtes si célèbre, est-ce que cela vous rend heureuse ? »

LA SYMPHONIE DES BALEINES

Laure de Rivières

Après une dernière nuit d'insomnie, Violette s'était levée à l'aube sans un bruit, l'air décidé. Elle avait fourgué dans son petit sac à dos son passeport, son iPod et deux culottes, bien qu'elle pensât n'en n'avoir plus jamais besoin. L'été commençait mal, et juillet n'annonçait rien de meilleur, alors autant en finir, se dit-elle en claquant la porte de chez elle. Elle arriva à l'aéroport Charles-de-Gaulle sous un ciel gris, et perdue devant le panneau des départs, elle choisit le vol pour Buenos Aires uniquement parce qu'il partait du terminal où le RER l'avait échouée. Elle demanda « un aller simple je vous prie » à l'hôtesse au comptoir Air France, comme si elle était dans un film des années 1970, et paya sur place le billet, déversant sur le petit bureau tout son argent. Là-bas ou ailleurs, que lui importait ? L'envie l'avait quittée en même temps que le jeune homme qui lui avait dit « Je pars naviguer au bout du monde, oublie-moi », meilleur moyen évidemment pour qu'elle ne l'oublie pas. Le départ du garçon la laissa déchirée et absente, à la limite de la léthargie : à 25 ans, le cœur est encore friable, et le sien était en miettes. Mais Violette n'aimait pas se plaindre, il faut dire que ses parents l'avaient élevée à la dure, et elle avait une forte tolérance à la douleur. Pourtant ce chagrin-ci l'étouffait au-delà du supportable, alors la veille, indécise au milieu du pont des Arts, se demandant quel garde-corps elle pourrait bien enjamber pour effectuer le saut le plus efficace, elle sentit qu'on la regardait, eut peur qu'un collègue du quartier ne la reconnaisse et vienne contrecarrer ses plans dans un élan stupide de saint-bernard, alors elle décida de trouver un pont plus anonyme, où son corps jeté dans l'eau froide créerait moins de remous. Un grand pont lointain, dans une ville étrangère, ça lui laisserait les coudées franches, et le temps qu'on identifie son corps, si tant est qu'un jour il soit repêché, se disait-elle, ses amis et ses parents auraient bien eu le temps de se consoler de sa perte. Elle avait vidé son compte en banque, étonnée de pouvoir faire tenir dans une seule enveloppe toutes ses économies, et c'est ainsi qu'elle s'assit à la place 18A, contre le hublot, les jambes repliées sous le menton et les yeux clos. Violette Mercier, 25 ans, hôtesse d'accueil et grande gigue d'un mètre soixante-dix aux cheveux courts et bruns, entamait son « dernier voyage ».

Tom, ébouriffé comme toujours et en chemise confortable de bonne facture, avait lui aussi pris l'avion pour Buenos Aires le matin même, sa valise cabine dans le rack à bagage, sans prendre garde ni aux jambes ni aux mains qui terminaient sa voisine. Un retour chez lui de quelques jours pour mettre ses affaires au clair avant de repartir, sans doute en Uruguay où il avait des amis et des réparations à faire dans sa cabane de pêcheur. Pourtant, Tom n'était pas pêcheur. Ou plutôt, Tom n'était pas « que » pêcheur ; il était aussi acteur, jongleur à huit balles, chanteur d'opérette – son dernier concert dans un bar trans de Barcelone avait été un succès, Miranda l'avait chaudement félicité, et par chaudement il faut vraiment comprendre « chaudement » –, et aussi joueur de tennis, de poker, poète à ses heures perdues, qu'il avait nombreuses, journaliste, bref… Tom était la somme de toutes les expériences qu'il entreprenait, et le fait qu'il fût célibataire, et bon gestionnaire, lui permettait cette vie sans contrainte. La vie de Tom aurait pu être celle d'un héros de roman, bien que ce ne fût pas lui le héros aujourd'hui, et par un miracle extraordinaire, tous, sans exception, tombaient sous son charme.

Tom était donc un homme tranquille quand il prit place sur le siège 18 B de l'avion qui le ramenait chez lui. « Pardon, monsieur (Tom avait la quarantaine bien sonnée et les tempes grisonnantes, ce qui lui valait malheureusement désormais de se faire appeler monsieur), lui demanda Violette en se détachant du hublot, pourriez-vous attraper mes mouchoirs dans mon sac à dos ? Je vais sans doute pleurer un peu au cours du voyage, ça me fait renifler, et je crains de vous importuner. » L'emploi du conditionnel combiné à la tournure désuète de la phrase le surprit : qui parlait à l'oral comme on lit un dialogue écrit ? Et qui plus est quand on a l'air d'avoir à peine 25 ans ? Il sourit, de cette façon gigantesque qui le caractérisait. « Bien sûr, c'est laquelle ta valise ? », employant le tutoiement comme le font tous les Sud-Américains spontanément. Il lui tendit les mouchoirs, et se rassit vers la pauvre Violette au cœur brisé, désormais pelotonnée et hoquetante vers son hublot. Tom n'avait de la tristesse qu'un vague souvenir lié au décès de sa grand-mère quand il n'avait pas douze ans, il ne lui restait d'elle que sa vieille pelisse à fourrure, et par conséquent, il ne savait pas bien comment aborder cet effondrement. Il s'enquit de sa vie. « Je préfère ne pas trop parler, dit-elle en articulant impeccablement la négation, pardonnez-moi… » Puis elle ajouta : « Connaîtriez-vous un joli pont à Buenos Aires ? Bien haut, avec une jolie vue ? » Heureux de pouvoir l'aider, Tom se lança dans une longue tirade dithyrambique sur le tout nouveau Puente de la Mujer, cette folie architecturale, avec son épine s'élançant vers le ciel et supposée évoquer un couple de danseurs de tango, ses 160 mètres de long, et… « Oui, mais est-il bien haut ? » demanda-t-elle, pleine d'espoir. « Il est immense, hymalayesque, inaccessible, répondit-il avec emphase. Trente-neuf mètres au sommet. » Cela eut l'air de la rassurer. « Je pourrai t'y emmener si tu veux ? Je connais le gardien de la flèche, c'est un vieil ami, nous pourrions y aller de nuit, c'est magique et totalement interdit. » « C'est parfait, je me cacherai là… » Tom lui expliqua que c'était pour le coup absolument impossible, et entrevit chez la jeune fille un intérêt suspect pour les ponts. Il lui proposa alors de dormir chez lui, dans la chambre d'ami, bien sûr. « Chez vous ou sous un pont, que m'importe… Ce n'est l'affaire que de quelques jours », dit-elle en se retournant. Et c'est ainsi que Violette s'installa chez Tom, en s'en fichant totalement. Par peur de la voir courir les ponts, il l'emmena partout avec lui, au bureau, chez ses amis, au musée, à la mercerie où il aimait faire retoucher ses habits, en boîte de nuit, au supermarché : il la surveillait comme du lait sur le feu, son attirance pour les aqueducs, passerelles, et autres sous-catégories de ponts ne lui passant décidément pas. En boîte de nuit, Violette dansait de façon étrange, en faisant des sortes de bond, les bras dégingandés lancés en l'air, absente et étrangère à l'environnement extérieur. Elle lui rappelait les kangourous d'Australie, et il aimait bien la regarder sauter en boîte de nuit, il admirait le délié de ses membres, la souplesse de son corps agile, la tristesse de ses mouvements.

Un soir, vers 3 heures du matin, pour distraire Violette qui ne trouvait pas le sommeil et alors qu'ils regardaient, affalés sur le canapé du salon, un documentaire sur les derniers chasseurs de baleines aux Açores, avec leurs petites barques minuscules fendant les flots, leurs harpons arc-boutés sur le dos des énormes cétacés, Violette se redressa. « J'aimerais tellement voir les baleines… Elles sont si belles, si rassurantes. J'aimerais entendre leur chant, toucher leur peau. » Tom n'en crut pas ses oreilles : Violette, pour la première fois, exprimait une envie. Il passa une main dans sa tignasse hirsute. « Tu aimerais voir les baleines, vraiment ? Je connais un endroit merveilleux, un tout petit village perdu entre deux mers, au milieu d'une colonie de pingouins et d'otaries, un sanctuaire inouï où les baleines viennent mettre bas. Je pourrais t'y emmener si tu veux, lui proposa-t-il à nouveau sous cette forme. À partir de juillet, c'est le bon moment, et… », mais Violette s'était endormie, murmurant un « je voudrais être une baleine… ».

Le lendemain, ils partirent en voiture vers Puerto Pirámides, tout au bout de la péninsule Valdès, en Patagonie. Tom avait réservé une chambre dans le seul hôtel du village. Une grosse maison de bois peinte en blanc, dans la rue principale, entre la banque et la pizzeria. Il gardait de l'hôtel un souvenir poudré, à l'époque il avait sympathisé avec la propriétaire Lisbeth, une Anglaise excentrique de soixante-dix ans qui avait voulu s'extraire du monde tout là-bas pour une raison qui lui appartenait. Été comme hiver, elle portait un bonnet à pompon, un châle à franges, de grandes bottes de cuir, et fumait à la chaîne des cigarettes sans filtre, ce qui avait donné à sa voix un timbre rocailleux et grave, parfait pour les histoires de fin de soirée alcoolisée. Elle avait trouvé en Tom un alter ego de liberté, et l'avait hébergé à bras (mais pas que…) ouverts quand il s'était perdu. Tom, toujours généreux, lui avait sans doute offert son dernier orgasme ; leur lien était inoxydable.

Quelque 1 500 kilomètres plus tard, Tom gara la voiture devant l'hôtel, couvrit Violette de la pelisse qui avait appartenu à sa pauvre grand-mère morte trop tôt, et ils entrèrent dans le petit hôtel silencieux. « Il y a quelqu'un ? » Le chat sur le comptoir s'étira paresseusement, et bondit se faufiler entre leurs jambes.

Ils trouvèrent un petit mot griffonné de Lisbeth posé sous la clochette du comptoir : « Je suis partie quelques semaines, pardon de vous laisser, mais j'avais besoin d'air. La femme de ménage passera s'occuper de vous une fois par semaine, pour le reste, faites comme chez vous. PS : merci de nourrir le chat. Il s'appelle Melville. » Tom était ravi, Violette avait l'air de l'être aussi, certes dans une moindre mesure, mais le progrès était déjà visible. Ils se promenèrent dans les trois seules rues du village, les lampadaires déjà allumés à 16 heures en ce frisquet mois de juillet, s'arrêtèrent devant la drôle d'agence de voyage en forme de bateau, prirent une pizza à emporter dans l'unique restaurant, et couchèrent ensemble pour la première fois ce soir-là. L'effet de la proximité des baleines, sans doute.

Tom tomba amoureux comme on tombe par terre : ce n'était absolument pas prévu, et ça lui fit mal. Son cœur s'emballa, sa peau s'enflamma, son âme s'envola. Et encore, ce lyrisme est bien en deçà de la réalité des sentiments qu'il se mit à éprouver pour cette Violette au cœur un peu moins brisé. Elle montra quelques signes d'affection aussi, et ceci avant même d'avoir pu aller en mer voir les baleines. Tom se dit que c'était bon signe, et il laissa libre cours à ce sentiment étrange qu'il semblait éprouver pour la première fois de sa vie.

*

À deux pas de l'hôtel, plongé dans l'eau chaude de sa baignoire, Martin fermait les yeux et soupirait. Quelle fatigue… La salle de bains, dans l'appartement juste au-dessus de son agence de tourisme, était sa pièce préférée, son antre, l'extension de la mer pour laquelle il vivait. Il voulait se reposer quelques jours parce qu'il savait que c'était bientôt la fin du calme avant la déferlante. Des mois qu'il préparait la saison, il était prêt. Martin sourit. Il avait réussi l'impossible. Redonner vie au village. Attirer les touristes. Vivre de sa passion : faire connaître les baleines et préserver leur sanctuaire. Mais quand même, quel travail… Quels efforts. Tous les jours, toute l'année. Même quand les baleines étaient reparties, les orques encore loin, les manchots rentrés chez eux, les lions et les éléphants de mer endormis, les guanacos dans la pampa, les renards aux aguets loin du village, même quand tout ce qui faisait la vie de Martin était calme, il lui restait encore tout le reste à faire : le bateau à réparer, les moteurs à vidanger, les assurances à payer, les réservations à gérer, les brochures à imprimer, les excursions à mettre à jour, l'agence à retaper, les gilets de sauvetage à vérifier, la presse à contacter et les emprunts à rembourser… Il avait grandi ici, et sa vie n'avait toujours été rythmée que par le flux des animaux de la péninsule, par les saisons, par les floraisons et les marées, mais jamais par les contraintes administratives. Martin avait toujours vécu selon le calendrier naturel de son village : en juillet, les baleines. En août, les manchots. En septembre, les dauphins. En octobre, les orques. Ah, les orques… On sentait tout de suite leur présence quand elles arrivaient dans le golf, parce que quelque chose d'immense secouait les flots par en dessous, faisant bruisser le vent différemment, et parce que les autres animaux devenaient plus calmes, comme s'ils avaient peur. Le père de Martin avait été parmi les premiers à organiser des sorties en mer pour aller les observer. C'était dangereux, leur comportement pouvait être violent. Et les bateaux étaient petits, fragiles. Martin suppliait son père de l'emmener, il n'avait que faire d'aller à l'école. Mais son père refusait : « Trop dangereux, l'eau est trop froide si tu tombes. » Mais à force, il arrivait à le convaincre et il se glissait dans le bateau dès la grille de l'école fermée. Il apprit à se rendre indispensable sur une sortie, et bientôt il fut le premier à les voir, à guider son père dans les manœuvres. Mais Martin, lui, préférait les baleines, plus tranquilles, plus mystérieuses. Assis à son pupitre depuis la fenêtre de la salle de cours, il pouvait voir leur souffle fabuleux éclabousser la surface de l'eau. C'était dur de se concentrer en classe, il les comptait, calculait les minutes où elles s'enfonçaient, et tous les élèves faisaient pareil. Et les maîtres laissaient faire. Eux aussi, ils écoutaient. Après la grande tempête – c'est comme ça qu'ils l'appelaient encore au village, parce que dire « après le naufrage », c'était trop violent –, Martin avait repris l'affaire de son père. Il n'avait pas envisagé une seconde de faire autre chose. Il aurait bien aimé effacer de sa mémoire le jour où on avait retrouvé son petit bateau à la dérive, au large de la pointe Delgada, avec personne dedans. Ils avaient passé des jours à sonder les fonds. Tous ceux qui avaient une embarcation étaient venus prêter main-forte. Mais on n'avait jamais retrouvé le corps, il ne s'était échoué nulle part. Englouti. Dévoré ? Martin ne voulait pas y penser. On disait que les orques étaient carnivores parce qu'elles mangeaient des gros poissons, et qu'elles chassaient. Mais jamais elles n'auraient mangé son père. Depuis, c'était quand même une zone qu'il évitait. Les courants y étaient violents, la mer plus froide que dans le golf... Il avait tracté le bateau depuis le large, et il l'avait ramené chez lui, les gars du village l'avaient aidé. Et le soir, dans l'arrière-cour de sa maison, seul, avec ses lunettes de soudeur et ses gants en cuir épais, Martin avait démonté le petit bateau, l'avait scié en deux, repeint, personne ne comprenait ce qu'il faisait, on se disait « Il a perdu la tête de chagrin, pauvre Martin », on entendait des coups de marteau, le cri strident de la visseuse, on voyait passer des pots de peinture et des escabeaux, et personne n'osait rien dire ou demander, on voyait des échafaudages se monter devant sa maison, et un beau jour, on avait vu la petite maison du père de Martin transformée en... mausolée ? en bateau ? en musée ? Martin avait hissé à la poulie et accroché sur la façade de sa maison la moitié du bateau de son père, comme une enseigne énorme, jaillissant hors des murs de la bâtisse, et il avait peint sur la demi-coque, en lettres blanches et bleues : « Martin & Padre. Baleines & Aventures ». La première agence de tourisme de Puerto Pirámides était née. On le félicita chaudement, les anciens vérifièrent malgré tout son installation murale pour éviter de la voir s'envoler un jour de grand vent, et c'est ainsi que Martin fit son deuil. Il s'organisa, racheta un bateau avec l'argent de l'assurance, emprunta à Léon le banquier qui venait d'arriver en ville de quoi lancer son affaire, et avant qu'il eût le temps de dire ouf, les premiers clients arrivèrent. Ce qui, en soi, fut un phénomène extraordinaire. Car bien sûr, des touristes, on en avait toujours eu à Puerto Pirámides, mais de façon impromptue, jamais organisée ni anticipée. Parce que cette péninsule, c'était un bout du monde, ce n'était pas une destination touristique comme les autres. On ne passait pas à Puerto Pirámides parce que c'était sur le chemin. Ce n'était sur le chemin de rien. Alors quand Martin décida de monter son affaire, ce fut une véritable révolution : on pariait sur l'extérieur, on ouvrait les portes du village, on dévoilait ses merveilles naturelles. Kako avait sa pizzeria déjà, bien sûr, mais c'était un restaurant, c'était différent. Alors Martin se donna sans compter, son corps s'endurcit, comme si le grain de sa peau s'était renforcé pour supporter le vent, le sel, les coupures, le soleil. Son visage se burina, martelé par les éléments, des rides nettes vinrent sillonner son front, comme des vagues qui se seraient imprimées sur lui. Il avait réussi son pari, et l'agence marchait à peu près. Et si Léon ne l'emmerdait pas pour les remboursements de son prêt, il se paierait correctement. Il voulait maintenant ouvrir un club de plongée, c'était l'avenir et la façon la moins invasive de faire découvrir l'écosystème. Mais pour cela, il fallait de nouveau emprunter, recruter un instructeur plongeur, acheter le matériel, les combinaisons, les bouteilles à oxygène, un nouveau bateau. Il avait travaillé sérieusement, un guide touristique avait même écrit dans son livre : « Les sorties en mer de Martin sont une aventure unique à chaque fois, une rencontre mystique entre les baleines et les hommes, entre la mer et la terre, une ode à l'univers. » Se dire que ce petit bout du monde pouvait être l'épicentre de quelque chose, c'est ça que Martin avait réussi à faire. Et le club de plongée allait ancrer encore plus cette renommée. Mais non, Léon le banquier ne voulait rien entendre, à croire qu'il n'avait que ça à foutre de venir emmerder les gens du village qui le faisaient vivre. Tant que le premier prêt ne serait pas remboursé, Léon ne voulait pas s'avancer sur un second. Les emprunts et le distributeur automatique de billets, le DAB, il n'y avait plus que ça dans la vie de Léon, on aurait dit. Ce nouveau DAB tout juste installé, trônant dans la rue principale devant la petite agence bancaire comme un pied de nez à tous ses efforts, ce DAB ventru de billets de banque, qui dégueulait du fric comme s'il en pleuvait, alors que pour gagner un millième de ce que son ventre bedonnant affichait, il aurait fallu à Martin des siècles de labeur. Écœurant comme une machine inanimée pouvait avoir plus de potentiel et de projets que lui. Se dire que cette pauvre machine, pas plus haute qu'un tabouret de bar, avait plus de pouvoir que lui, franchement, Martin, ça le dépassait. Et il avait beau se dire : « C'est une machine, je suis un homme, je vis, elle est morte », quand même, Martin voyait le DAB comme son ennemi, tout ce qu'il rejetait, conspuait, et enviait à la fois. Le DAB créait l'inégalité sociale du village en leur faisant croire qu'il suffisait d'appuyer sur un bouton pour être riche, pensait Martin. Le DAB, c'était tout ce qu'ils avaient toujours rejeté ici : la facilité, la consommation, l'immédiateté. Le DAB, c'était de la daube. Kako, le patron de la pizzeria, riait de le voir si farouchement remonté contre cette pauvre machine : « Tu perds la tête Martin, on en a rien à foutre de cette merde. C'est mieux depuis qu'il est là… Les touristes laissent des pourboires en liquide, c'est toujours ça de pris sur le fisc, non ? » Mais Martin n'en démordait pas, ce DAB au ventre plein, ça lui coupait l'envie de bosser, l'envie de se lever le matin humer l'air marin. Le DAB le narguait de sa fainéantise et menaçait toute l'écologie de leur village, et quand il voyait Léon tout fier à côté de son DAB immonde, il avait des envies de meurtre.

Il entendit sonner à l'entrée. Il quitta son bain à regret et descendit accueillir les clients. Il vit le couple qui avait débarqué la veille à l'hôtel, et leur trouva une bonne tête. Elle surtout. Elle lui rappela une petite sardine, avec son museau étroit et ses grands yeux écarquillés devant les photos des baleines punaisées au mur, avec comme une grâce de sirène, si les sirènes avaient existé…

« Je peux vous emmener en mer jeudi avec quatre Japonais, leur dit Martin, mais bon, il y en a chez eux qui bouffent les baleines, c'est à vous de voir. Ou bien je peux vous emmener tous les deux demain, c'est plus cher et en plus, je ne peux rien vous garantir. » « Rien garantir, c'est-à-dire ? » demanda Tom qui grelottait déjà. « C'est le tout début de la saison. Les baleines sont en train de remonter des eaux froides de l'océan Austral où elles se sont gavées de krill et de crustacés pour emmagasiner de la graisse avant de venir accoucher ici. Je ne maîtrise pas la date de leur arrivée. »

Violette répéta, rêveuse : « Krill et crustacés… comme c'est poétique. » Ils prirent l'excursion à deux, bien évidemment, et partirent très tôt le lendemain.

Ce qu'il se passa ensuite restera à jamais dans les annales. Violette fut happée, hypnotisée, avalée par le spectacle qui s'offrit à elle. À la première baleine qui surgit, là, juste sous leurs yeux, une joie immense l'inonda, balayant ce chagrin gluant qui lui obstruait les sens depuis maintenant presque huit mois. La suie de tristesse se dissolut presque aussitôt dans le sel de la mer et, assise en tailleur à la proue du petit zodiac telle une petite gorgone magnifique, cheveux au vent et yeux émerveillés, Violette reprit vie. Ce fut un spectacle irréel que de la voir éclore, se déployer, se déplier aussi rapidement. Tom était conquis ; Martin, quoique habitué au choc que causent ces grands mammifères sur certaines personnes, fut subjugué lui aussi, avec le sentiment étrange d'assister à une métamorphose en direct. Ils devinrent bons amis aussitôt.

Dès lors, Violette au cœur brisé devint Violette l'irradiante, elle se mit à parler des baleines du matin au soir, comme si les humains et Tom n'existaient pas vraiment, comme si quelque chose d'organique et viscéral les liait. Elle supplia Martin de l'emmener avec lui à chaque fois qu'il avait besoin d'aide pour servir des sandwichs aux clients sur le zodiac, pour laver le bateau, pour repérer le soir à la nuit tombée les endroits où il faudrait aller le lendemain. Martin l'aimait bien, et surtout il avait de l'aide gratis car Violette ne demandait rien en échange de ses services. Violette voulut tout savoir, elle apprit le nom des oiseaux plongeurs qui suivaient les mêmes bancs de poissons que les baleines, les fous de Bassan et les goélands, elle apprit à entendre le chant des femelles, à reconnaître les cyamides, ces petits coquillages incrustés sur leur tête que Martin appelait « les poux de la baleine », à estimer la hauteur de leurs sauts spectaculaires. Elle apprit à reconnaître leur tête cornée et leur regard si humain, elle visionna mille documentaires et sut tout de leurs cycles de reproduction, de leur alimentation, des eaux qu'elles fréquentaient et de la profondeur des mers où elles allaient se reposer. Leur grâce et leur liberté s'étaient insufflées en elle, les baleines avaient redonné vie à la jeune femme au cœur cassé : Violette Mercier allait enfin bien. Elle demandait souvent à Martin : « Oh Martin, je t'en prie, laisse-moi y aller quelques instants, laisse-moi nager avec elles ! » Mais Martin disait non, toujours non : « Pas tant que je ne serai pas équipé pour plonger », et Violette trempait sa main dans l'eau glaciale pour les appeler, laissant derrière elle un petit sillage d'écume. Le soir souvent, après être rentrée d'excursion, après avoir tout rangé, nettoyé, frotté, éteint, Violette retournait au bateau et s'endormait dedans à la belle étoile, ensevelie sous les couvertures que Martin laissait à disposition pour les clients, et elle écoutait le chant des baleines dans la nuit noire, et jamais elle ne se sentait aussi vivante que dans cette communion étonnante. Pendant ce temps-là, Tom se promenait dans le village, et lisait en l'attendant. La vie était douce, Violette était heureuse, Tom était amoureux, et il n'y avait plus de pont à craindre.

C'est alors qu'ils reçurent une courte lettre de Lisbeth, très ennuyée. « Tom Darling, je ne vais pas pouvoir rentrer, Edward me retient ici, et c'est un plaisir que je ne veux pas bouder, il m'en reste si peu à vivre, je pense que tu me comprends, tu aurais fait pareil. Aurais-tu la gentillesse de t'occuper de l'hôtel pour la saison ? et peut-être aussi l'arrière-saison ? C'est très facile, tu verras. Mais le plus simple serait que tu me rachètes l'hôtel, mon chou, réfléchis, et demande à Léon le banquier de t'ouvrir le coffre, l'acte notarié est dedans. Renvoie-moi les papiers signés ! » Violette exulta : « Oh Tom, nous pourrions l'appeler "L'Hôtel des Baleines !" dit-elle pleine d'une imagination virevoltante. Quelle vie nous aurions ! » Alors l'affaire fut conclue.

Leur joie fut inversement proportionnelle à l'humeur de Martin qui chaque jour s'assombrissait un peu plus : la saison battait son plein, mais malgré l'aide de Violette, il n'arrivait plus à répondre à toutes les demandes, partait en mer dix heures de suite, et ce n'était pas encore assez. « Argh ! si seulement Léon m'avait accordé ce prêt, j'aurais pu acheter de nouveaux bateaux ! J'aurais pu tripler le nombre de sorties ! J'aurais pu embaucher, j'aurais pu, j'aurais pu… » Il n'avait plus que ces mots-là à la bouche, pauvre Martin… Alors quand il apprit que sur un simple coup de fil, Violette et Tom avaient acheté un hôtel clé en main, lui dont le père était mort au travail, lui dont le visage portait les marques de son labeur, un sentiment profond d'injustice l'envahit, et bien qu'il se réjouît sincèrement pour ses amis, car Martin n'était pas un homme jaloux, loin de là, il sut ce qu'il fallait faire.

Léon n'était qu'un capitaliste ignorant, et son DAB, une simple machine.

Il fomenta son plan, nuit après nuit. Calculant, repérant, apprenant ; il se mit à espionner la petite banque. Noter les livraisons du camion de la Brinks qui venait tous les quinze jours alimenter le DAB. Analyser les allées et venues de Léon. Suivre le fil du poteau téléphonique, depuis le compteur du poste de distribution à l'entrée du village jusqu'à la banque, et faire des plans. Du village, des trois rues, des deux anses. Il imprima les photos aériennes qu'il trouva sur Internet, mit des repères, des points rouges, et d'autres jaunes sur des cartes dépliées et punaisées sur le mur de sa chambre. Le soir, il allait boire une bière chez Kako, et il posait mille questions, toujours les mêmes : « Et toi, tu l'as remboursé, ton prêt ? Combien tu paies à Léon par mois ? Combien d'argent liquide tu crois qu'il y a dans son foutu DAB ? » Ça l'emmerdait, Kako, toutes ces questions, Martin était devenu pénible, plus possible de faire une partie de poker sans qu'il en revienne systématiquement à Léon et à son DAB. Et puis un jour où il but plus que de coutume, Martin lui avoua son plan, les yeux fous, les gestes précipités, dans une rage qu'il ne lui avait jamais connue, vidant les bières les unes après les autres : « Je vais le défoncer, son DAB, éventrer son gros bide dégueulasse, et me tirer avec les billets, et c'est pas un bateau que je vais acheter, Kako, tu m'entends, c'est toute une flotte, et le petit Léon, il me suppliera pour que je dépose mon argent chez lui, mais je lui dirai non au petit Léon… Je vais le ruiner, le petit Léon ! Et il viendra me supplier pour que je lui trouve un boulot… » Alors Kako fit ce que quiconque aurait fait : il prévint Léon, par gentillesse, pour lui demander de s'assouplir un peu, de donner à Martin son nouveau prêt, qu'il arrête de maugréer, de ressasser, de se tordre le ventre. Après tout, c'était grâce à Martin si le village avait pu survivre, grâce à son agence. « Allez, Léon, sois gentil, file-le-lui son bateau, tu sais bien qu'il te remboursera ! » Mais Léon, au lieu de s'amadouer, se fâcha. Martin pestait contre lui en public ? Dans tout le village ? Après tout ce qu'il avait fait pour lui ? Il sentait bien depuis quelques semaines que Martin ne tournait pas rond, toujours collé à ses basques, à le renifler comme un renard aux aguets dans les herbes sèches. Alors Léon fit ce que tout banquier aurait fait en pareil cas : il prit sa voiture et roula à travers toute la péninsule jusqu'au commissariat de Puerto Madryn à une heure de route de là, et il déposa une main courante, « au cas où ». Alors le commissariat de Puerto Madryn fit ce que n'importe quel commissariat sérieux aurait fait en pareilles circonstances : il fit venir un inspecteur au village, le déguisa en touriste allemand pour mener l'enquête en toute discrétion, et lui prit une chambre à l'Hôtel des Baleines pour quelques jours. Violette, à cette époque, passait presque toutes ses nuits dans le bateau de Martin. Ça ennuyait Tom, bien sûr, il aurait bien aimé profiter de leurs nuits de façon plus romantique, mais il se levait toujours à temps pour préparer à Violette un chocolat chaud dans la cuisine de l'hôtel quand elle revenait au petit matin, frigorifiée mais apaisée. Elle sentait la mer et le poisson, la peau de son visage luisait comme si des lucioles s'étaient posées sur elle pendant la nuit, il lui disait en l'embrassant qu'elle avait sans doute des ancêtres cétacés, qu'elle descendait certainement d'une longue lignée de sirènes, d'orques, de baleines et de cachalots, et Violette riait, et toujours en articulant chaque mot à la perfection, s'exclamait : « Oh Tom, c'est impossible voyons, les baleines sont des mysticètes, alors que les orques et les cachalots sont des odontocètes. Et les sirènes, eh bien, je ne crois pas en avoir jamais vu… » Ses mains gracieuses et minuscules autour de la tasse brûlante, elle se tournait alors vers le seul client de l'hôtel, cet Allemand bien élevé fraîchement débarqué au village, qui prenait tranquillement son petit déjeuner. « Oh, cher monsieur, si vous aviez entendu cette nuit la symphonie des baleines… Elles m'ont raconté les abysses, j'aimerais tant y aller un jour, plonger si profond et disparaître avec elles… » Mais cette fois-ci, Tom se garda bien de se proposer de l'y emmener.

Un mois plus tard, en ce matin du 24 août, alors qu'un vent noir sifflait entre les persiennes de l'hôtel, Tom fut réveillé aux aurores par un vacarme assourdissant qui montait de la rue. Il entendit des cris, une panique vociférante, des sirènes hurlantes, des gyrophares en tourbillon qui illuminaient la nuit comme une boule à facettes… Il se leva à toute vitesse, constata que Violette n'était toujours pas rentrée, et se précipita à la fenêtre, ouvrit les deux battants, le cœur en vitesse accélérée. Une bourrasque glaciale s'engouffra dans la chambre, et Tom découvrit un spectacle qui le laissa médusé… La rue était bloquée de part et d'autre par deux gros camions de police, ainsi que par la citerne des pompiers du village, une vieille guimbarde rouillée qui n'avait pas servi depuis des années et dont le tuyau, percé, finissait d'éteindre un feu qui semblait avoir pris à proximité de la banque, vers le DAB. Une pluie de billets voletait doucement dans la nuit, comme une tempête de flocons de neige et retombait gracieusement sur le trottoir détrempé avant de se transformer en gadoue d'argent. Des policiers partout, avec gilets pare-balles, hygiaphones et talkies-walkies, et les villageois armés de seaux remplis d'eau qui faisaient un travail bien plus efficace que le tuyau pour éteindre le feu. Au milieu de ce chaos, sous cette tempête de billets, en plein centre de la rue, Tom reconnut Léon, pieds nus, hirsute comme si le feu avait pris sur sa tête aussi, en robe de chambre, les bras ballants, en pleurs. Tom attrapa sa parka, ses moufles et ses grandes bottes, et se rua dehors. « Violette ?! Violette ?! hurla-t-il. Quelqu'un a vu Violette ? », mais il n'eut le temps de rien, il se fit bousculer par Kako, essoufflé, qui franchit le barrage policier en hurlant : « Bande de sauvages ! Qu'avez-vous fait ? Vous êtes fous ! » Et tandis que le feu grésillait de ses dernières braises sur le DAB effondré, on entendit une rafale de coups de feu qui vint éteindre le brouhaha d'un coup net. La foule se tétanisa dans la nuit, pétrifiée d'un coup, et comme au ralenti, tous tournèrent la tête en direction des tirs, vers la baie, à côté de l'agence de

Martin. Là, sur la grève face à l'océan, sous la lune blanche et froide, deux policiers armés jusqu'aux dents, les pieds bien campés sur le sable, levèrent leur fusil, et dans une synchronicité parfaite, firent feu à nouveau. Le petit zodiac de Martin qui filait vers le lointain explosa d'un coup, et fit comme une gerbe de feu gigantesque sur la mer sombre. Puis le silence. La sidération.

Ce fut Tom le premier qui rompit le temps. Comme un damné, il courut vers la plage, aveuglé par la terreur. « Violette… le zodiac… » Il s'effondra sur le sable, à genoux devant l'horizon, ahuri, regardant les dernières éclaboussures de feu s'éteindre sur les vagues. C'est alors qu'il sentit sous ses mains quelque chose de doux et étrange, quelque chose de duveteux. Il se saisit de l'objet, et découvrit la pelisse qu'il avait offerte à Violette, il reconnut son odeur salée. Bouleversé, il leva les yeux vers le bout de la mer, les villageois dirent que c'est à cet instant précis que Tom perdit la tête, car il jura qu'il vit au loin, en ombre chinoise contre le disque blanc de la lune, une sirène surgir des flots, radieuse et lumineuse, puis disparaître dans les abysses dans un saut merveilleux…

S'AIMER À VUE

Alexandre Duyck

Et puis Ambre. Trois photos, pas une de plus. Trois autoportraits, à la va-comme-je-te-pousse. Andreas a aimé l'ironie de l'affaire, la désinvolture puisque Ambre, la femme qui publiait trois photos prises en quelques secondes devant un miroir accroché dans le hall d'entrée d'un immeuble, sans le moindre souci de plaire, sans la moindre mise en scène, des photos prises par-dessus la jambe, Ambre, justement, était comédienne de son métier. Elle, une pro de la pose, disait simplement : « Tu me prends ou pas comme je suis, vêtue comme je suis, voici mon style, tu aimes ou pas, pas de pincement de lèvres, encore moins de décolleté, je suis à prendre ou à laisser. » Pas un mot de présentation, à peine quelques mentions de goûts musicaux, cinématographiques, littéraires, certains communs. Rien d'incompatible entre eux, roulez jeunesse.

Andreas s'était inscrit quelques jours plus tôt sur un site de rencontres, le plus connu de tous, ses amis l'en avaient convaincu, ils en avaient assez de sa solitude. Il s'était laissé photographier, avait présenté son meilleur profil, avait rédigé une sorte de fiche pour dire qui il était, en somme, l'impression désagréable de se mettre en vente, une annonce, une réclame publicitaire disait-on avant. Le texte disait à mots couverts : « Je suis modeste mais irrésistible, je suis charmant, plein de qualités, j'espère être drôle et pas trop con. » Mais on lit surtout : « Je suis tellement seul, viens me chercher ! »

Il s'était inscrit sur le site, puis avait pris l'avion pour Chypre, s'était assis contre le hublot, c'était l'été, le début d'un été encore solitaire et ses épaules pesaient des tonnes. Arrivé sur place, les images de femmes n'avaient pas tardé à défiler sur son téléphone, il avait vite compris le principe : le doigt qui glissait sur l'écran d'un côté, c'était non merci, de l'autre côté, une bouteille à la mer, la dame recevait une notification, daignait, ou pas, y répondre. Des photos des heures durant, des femmes qui se mordillaient les lèvres, mettaient en valeur leurs seins, leurs fesses, promettaient monts et merveilles sexuels, posaient avec leur chien, leur chat, adoptaient des surnoms ridicules, multipliaient les allusions jusqu'à l'écœurement, exposaient leurs opinions politiques, souvent pour dire qu'elles étaient des patriotes et que les « gauchos » pouvaient passer leur chemin, ce qui tombait bien, en un sens.

Il a lancé sa bouteille à la mer, répété le geste dix fois avant de laisser son doigt glisser dans le bon sens sur l'écran du téléphone. Elle a reçu la notification, a eu l'extrême amabilité de lui faire savoir qu'il pouvait éventuellement lui convenir, il a envoyé un premier message, elle a répondu. Puis a vite demandé :

— Mais tu es où ?

— À Chypre.

— Seul ?

— Oui, bien sûr.

— Comment ça « bien sûr » ?

— Si je n'étais pas seul, je ne me serais pas inscrit sur le site.

— Tu parles… Mais tu reviens quand ?

— Dans trois semaines.

— Ça va être long.

— Oui, je sais. Mais je pense que ça en vaut la peine.

— Ah bon, tu sens ça toi ?

— Oui, j'ai une bonne intuition.

Ils se sont écrit pendant un jour ou deux, de brefs messages. Quelques images ensoleillées de son côté à lui, rien du sien. Il fallait tenir trois semaines tandis que sur leurs deux téléphones, tant d'autres frappaient à la porte. Ils se sont envoyé des plaisanteries comprises des deux côtés, ce qui constituait un bon point de départ, livré quelques débuts de récits de vie. Des enfants ? Séparé·e depuis longtemps ? Le métier ? Tu as vu ce film ? Et puis une après-midi, au bout de quelques jours, elle a demandé : « Tu veux qu'on s'appelle ce soir ? »

Andreas a appelé Ambre à l'heure convenue, c'est un homme ponctuel, trop peut-être, des comme on n'en fait plus. Elle a décroché dans la seconde, il a souri. D'autres femmes lui envoyaient des messages via l'application, le sollicitaient, le flattaient, son ego gonflait à vue d'œil. Sur place, il ne séduisait physiquement personne. Sur cette île, aucune femme ne venait à lui comme cette Néerlandaise qui, un soir, il y a des années, avait traversé la salle du restaurant : « Mes amies m'ont demandé à quoi ressemblait mon homme idéal et j'ai répondu que c'était vous. » Ou cette autre qui s'était endormie sur son épaule, dans l'avion, dormait-elle vraiment ? Il l'avait laissée faire, elle avait attrapé sa main, le vol avait été trop court et l'au revoir sans retour. Depuis l'enfance, il avait passé tant d'étés ici mais n'y connaissait plus personne, ils étaient tous partis, morts ou jugés sans intérêt. Ici, il se réveillait et s'endormait seul, allait nager seul, personne assis à sa gauche quand il conduisait, personne pour apprécier le paysage avec lui, avec qui rire des Français en chapeaux de paille ou s'engueuler ; il déjeunait, dînait seul, demandait « a table for one, please », encaissait les plaisanteries des serveurs, les regards condescendants ou bienveillants ou tristes des touristes, inquisiteurs parfois, jaloux d'autres fois, de ceux qui rêvaient d'être à sa place, un repas, une heure, une vie sans l'autre. On n'imagine pas, quand on voyage seul, à quel point la solitude peut aussi faire des envieux.

Leur première conversation a duré trois heures et quinze minutes. C'était le 30 juin, l'été commençait à peine, ils étaient loin. Il a dû lancer une petite blague pour détendre l'atmosphère, elle a ri, le premier rire d'une longue série, un rire pas en cascade mais qui part, l'espace d'une seconde, d'un « Ah », très haut dans les aigus pour rechuter ensuite, comme un plongeon dans la mer, un rire aux airs de petit cri de jouissance. Il a aimé l'élégance de sa voix, immédiatement ; elle aussi, sans le lui dire d'abord. Elle lui a demandé ce qu'il faisait là-bas, sur cette île, tout seul, il a tenté de ne pas être pompeux tout en expliquant qu'un été sans Chypre n'était pas envisageable, qu'il aimait cette île tout en la connaissant par cœur, elle a aimé cette fidélité ; qu'il était architecte, qu'il se délectait de tout ici, du peu de monde en cette fin juin, de la chaleur, déjà ; de la mer, qu'il aimait contempler les bulles d'air s'échappant de ses doigts quand il nageait le crawl, l'émerveillement des bulles d'air ; il expliquait s'être remis il y a quelques jours à la plongée sous-marine, des années après avoir failli mourir sous l'eau, que tout allait bien, qu'il avait surmonté son dégoût de l'odeur des combinaisons, ne surtout pas passer pour un névrosé.

Il a évoqué l'odeur du pain, des graines de sésame, de sa couleur jaune ; les gâteaux grecs à l'orange que l'on appelle *portokalopita* et la mélodie de la langue, ces sons qui lui manquaient tant ; les poissons et légumes grillés, le vin, elle a dit qu'elle ne buvait pas ou si peu, qu'elle préférait le thé, il a plaisanté, tourné la phrase en ridicule, l'a fait passer pour une grand-mère, puis très vite compris qu'il n'y avait, selon elle, pas matière à rire et qu'elle ne lui offrirait pas une foule d'autres chances de se rattraper, que la dérision à ses dépens n'était pas son fort, ou du moins malvenue, bien trop prématurée, il était tombé sur une intransigeante, une raisonnée, une qui allait lui rappeler quelques évidences, exiger de lui un peu de bienséance. Il a décrit la maison de famille où il séjournait, le travail qu'il avait emporté avec lui, la table de chêne sur laquelle il avait installé son ordinateur, ses livres, ses plans, le rythme qu'il s'imposait, la discipline, elle s'est montrée rassurée. Elle voulait un homme responsable, enfin digne de confiance, au moins un dans sa vie. Il a décrit la vue, la vitesse du vent, la gentillesse des rares personnes à qui il parlait, cité les poèmes grecs de son enfance, il l'a fait rire plus d'une fois, toujours le rire qui part dans le ciel et replonge, la même dimension érotique de ce petit cri. Il a trop parlé.

À huit reprises, il a compté, Ambre a dit « en revanche » au lieu de « mais », « à l'inverse », « pourtant ». Elle a aussi employé « de surcroît », ses mots étaient choisis avec la précision d'une chirurgienne. En conséquence, il a vite compris, sans l'avoir jamais rencontrée, qu'elle serait à coup sûr la femme du reste de sa vie. Il le lui a dit plus tard, plus tard mais bien trop tôt, elle n'a pas répondu, l'a sans doute pris pour un impulsif, au mieux ; un fou, au pire. Mais il avait cédé, immédiatement, parce qu'il y avait d'abord cette façon de dire les choses, dans le prononcé du deuxième « an » du « en revanche ». Elle tenait ce son, aucune dérive d'accent ni du Sud ni des montagnes où on le monte, on le transforme, on rajoute de la longueur au point d'en faire quelque chose de très laid. Là, dans sa voix, tout était simplement beau, élégant. Doux et assuré, avec des intonations changeantes selon son humeur, son état d'esprit. Mais très léger, rien de théâtral. Il y avait sa bouche, qu'il était réduit à imaginer, sans en connaître encore la texture, le goût, le rouge. Et puis bien sûr, dans ce « en revanche », dans ce mouvement de balancier, ce jeu d'équilibre, prenait place toute la nuance du monde, lui qui en désirait tant, lui qui sortait d'une vie régie par la passion et les cris, où la nuance n'avait guère de place, où les choses étaient comme ceci ou comme cela, donnant naissance à des moments euphoriques et à d'autres épuisants, des affrontements finalement d'une tristesse infinie. Là, un océan de nuances s'offrait à lui. « Je suis d'une normalité consternante. » Il jugerait de cela plus tard, il souriait, tout lui convenait.

Dans ces « en revanche », dans ces deux microscopiques mots, il décelait aussi l'idée d'une revanche à laquelle il n'avait d'abord pas pensé mais bien sûr qu'elle était là, une revanche sur le malheur, sur l'imbécile, le fou qui l'avait quittée, sur les belles promesses, les paroles chantées par Dalida ; sur ses réveils à lui à 4 heures du matin ordonnés par le stress, la froideur des repas pris en solo, surtout le soir, il en pleurait, la culpabilité d'avoir divorcé, la colère d'avoir tant souffert, tant pris le temps de souffrir et de faire souffrir avant d'en arriver à revenir, enfin, à l'état d'être seul.

Il l'a bombardée de questions, la nuit avançait, il buvait un alcool local, une liqueur doucereuse à base de résine qui sentait la menthe, il buvait peu, sirotait, buvait ses mots. Elle a conté sa vie, par petites touches, à pas de loup. Elle s'est racontée sans pour autant se confier, rien d'intime, il était trop tôt. Andreas était un livre ouvert, Ambre un journal intime cadenassé, comme ceux des jeunes filles, qu'elle l'autoriserait, peut-être un jour, à lire, mais par petits bouts, quelques passages seulement, quand elle l'aurait décidé, dans des années.

Plus tard, dans quelques jours, à force qu'il lui dise tout, elle s'en étonnera :

— Mais tu me racontes tellement de choses, tellement d'intimité, tu me racontes tout. Tu te rends compte qu'on ne se s'est jamais vus ?

— Oui, je le sais, mais je te fais confiance.

— Tu le peux, mais dans l'absolu, tu ne devrais pas. Je pourrais aller tout raconter partout, à tout le monde.

— Je sais que tu ne le feras pas.

— Et si nous ne nous rencontrons jamais, à ton retour ? Si nous décidons finalement de ne pas nous voir ? Tu auras tout confié à une inconnue disparue dans la nature, que tu ne connaîtras pas et qui saura tant de toi ?

— Je sais que nous allons nous rencontrer.

— Tu crois vraiment ?

— Oui. Et je n'ai rien d'un psychopathe.

Les jours ont passé. Les messages ont envahi leurs écrans. Des « bonjour » quotidiens, des images, un repas, une plage, un ciel bleu, des morceaux de musique. Moins de son côté à elle, c'était le deal. Il était venu la chercher, au moment où il partait trois semaines à 3 000 kilomètres d'elle. Il la retenait, la suppliait en pensée d'attendre son retour, lui qui n'avançait pas pour autant son départ, ne renonçait pas à ses vacances, à la voiture de location, au billet d'avion non échangeable, non remboursable. Elle a raconté comment la comédie lui avait « sauvé la vie ». Il a décrit comment ses parents étaient venus de Chypre, le pourquoi du comment d'un déracinement, d'un exil, le travail ici, l'absence là-bas, la pauvreté des deux côtés, l'apprentissage de la langue, le complexe du si bel accent qui, jamais, ne disparaîtra, la vieillesse qui entravait désormais les voyages et coupait, peu à peu, du monde. Elle a décrit son parcours, ses études à Paris, les découragements, ceux qui ne croyaient pas en elle, la multitude de boulots qu'elle avait dû exercer pour s'en sortir, elle venait d'une famille bourgeoise, son prénom en attestait, où l'on voulait faire d'elle une avocate, comme sa mère ; un médecin, comme son père ; une cadre dirigeante, comme sa sœur ; un ingénieur, comme son frère. Elle avait dit non, était partie à l'étranger, avait tout financé par elle-même, le parcours d'une combattante, d'une gamine de 18 ans, 20 ans, belle comme le jour, déjà ; les fast-foods, les missions d'intérim, les baby-sittings, les caisses enregistreuses, les tee-shirts à replier à longueur de journée. Et les hommes qui fondaient sur elle comme des oiseaux de proie, dans des lieux de nuit où jamais il ne s'était autorisé à mettre les pieds et qu'il fantasmait, le pauvre, se demandant ce qu'elle avait bien pu y commettre comme crime, comme outrage aux bonnes mœurs, et elle qui disait « trois fois rien, tu serais déçu », oubliant de préciser que, déjà, elle choisissait qui pouvait s'approcher, qui pouvait la toucher, qui pouvait l'enlacer, Dieu sait à quel point elle voyait clair en leur jeu, des insectes se fracassant dans les phares, des chiens réclamant leur pâtée. Elle ne demandait rien, n'exigeait rien, ne promettait rien, n'offrait que ce qu'elle avait à offrir, les laissait faire avec leurs fortunes, leur vanité, leurs billets d'avion, la faculté qu'ils avaient, pensaient-ils, à l'acheter. Il se jura d'essayer de ne pas être jaloux de son passé.

Il se demandait : comment tenir bon ? Il restait encore quatorze jours avant son retour. Il hésitait : devait-il raccourcir son voyage ? Renoncer à quelques jours ici, brusquer les choses ? Et si rentrer revenait, pour elle, à le trouver invasif, impétueux, impatient, envahissant ? Elle semblait soucieuse de poser les choses, de prendre son temps, d'évaluer cet homme qui débarquait dans sa vie, qui semblait déjà amoureux sans l'avoir jamais vue, trois photos, trois autoportraits pris à la va-vite dont un avec cette petite touche de fantaisie qu'il avait vite repérée, le pied gauche posé sur le talon, tourné vers l'extérieur, sa marque de fabrique.

Ce jour-là, elle a ajouté une quatrième photo, faussement sage, qu'elle lui a envoyée par surprise. Elle posait allongée sur son canapé, vêtue d'un débardeur blanc. Elle fixait l'objectif, la bretelle de son soutien-gorge dépassait à peine, il pouvait deviner sa poitrine. Il a pris cette photo comme ce qu'elle devait sans doute être, un pousse-au-crime, un « Allez, tiens, voici de quoi patienter, il ne nous reste plus que neuf jours ». Il l'aimait déjà, un amour à vue, comme les marins quand ils naviguent sans instrument, en se fiant aux étoiles, aux repères, à l'instinct.

Un soir, c'était leur combien ? Cinquième appel ? Elle a pris les devants. La conversation tournait en rond, il faisait chaud dans les deux pays, il était 2 heures du matin pour lui, une heure de moins pour elle, elle était seule, il n'aurait jamais pu deviner que cette femme aimait autant dormir. Elle a dit : « Je sens ta peau. Je sens la peau de ta nuque. J'embrasse ton cou, j'embrasse ton visage, j'embrasse tes épaules, j'embrasse ton torse et je descends le long de ton torse. » Pris de court, Andreas est entré dans sa danse. Il a dit : « J'embrasse tes cheveux, j'embrasse ton visage, ma langue enlace la tienne, je caresse tes seins. » Son souffle à elle s'est accéléré, elle a parlé encore, il a fermé les yeux, dit quelques mots, s'est vu le faire, ils ne se connaissaient pas, ne s'étaient jamais regardés ; ils ne connaissaient rien du grain de leur peau, de la force, de la beauté du regard, il ignorait que son visage était aussi doux à caresser, que ses seins étaient si joliment dessinés, de la soie, que son corps était si mince, si musclé ; elle ignorait qu'il était si grand, si bien foutu, que d'autres avaient décrit « une statue grecque », des compliments auxquels il ne croyait pas ; il se voyait toujours, quarante ans plus tard, comme l'adolescent squelettique qu'il avait été. Ils ont fait l'amour au téléphone, pour la première fois, il l'entendait se tordre sur elle-même, elle parlait de moins en moins, son souffle de plus en plus fort, puissant, accéléré, et puis cette jouissance à deux mille kilomètres de là, avec et sans lui.

Ils en ont peu reparlé le lendemain. C'était toujours l'été, la mi-juillet dépassée, une question de jours. Ils l'ont refait. Presque tous les soirs. Elle était seule, ses enfants confiés aux bons soins de leur père, elle tirait les rideaux, s'asseyait sur le tapis de son salon, se cachait sous un drap, comme une tente, une moustiquaire, un abri pour se retrouver seule, seule avec lui, l'appelait. Ses mots, sa voix, ses gestes, son intimité ; ses intentions, ses mots d'amour à lui, déjà, si vite, si tôt.

Ils auraient aimé se rencontrer pour la première fois dans la vraie vie, pour de vrai. Un soir, ils ont imaginé leur rencontre à Paris, celle qui aurait pu arriver.

— Tu es assis dans un café près de la fenêtre, tu travailles sur ton ordinateur, je te vois de dehors, je t'ai repéré, j'aime ta posture.

— Tu marches, je relève la tête, je t'aperçois. Tu files. Tu fais marche arrière et reviens sur tes pas, tu es toujours là, tu me fixes, tu te dis que tu ne peux pas me laisser filer alors tu entres. Tu te poses devant moi, je lève enfin les yeux de mon écran, tu t'assieds, tu demandes : « Ça ne vous dérange pas ? » Je réponds : « Non, je vous en prie. Bonjour. Qu'est-ce que je peux faire pour vous ? »

— M'offrir un café, j'ai très soif. *(Tu commandes.)*

— Et quoi d'autre ?

— Je vous ai vu par la fenêtre, je vous ai trouvé très beau, très élégant, j'ai pensé que je ne pouvais pas ne pas vous parler.

— (*Je ne me démonte pas, je n'en reviens pas, je te trouve très belle, ton rouge à lèvres m'hypnotise.*) Pardon de vous demander ça, mais ça vous arrive souvent ? D'aborder un inconnu de cette façon ?

— C'est la première fois, je vous jure.

— Je vous crois.

— Je ne vais pas vous ennuyer longtemps, je vais vous laisser travailler. Je m'appelle Ambre. Vous revenez quand ici ?

— Demain, même heure, j'y serai.

— Alors je reviendrai. À demain. Au fait, vous devriez laisser pousser vos cheveux.

— Tu n'as pas touché à ton café. Le lendemain, tu es revenue, j'étais là. Même table, même ordinateur, je portais une chemise ample, en jean gris, avec un tee-shirt camel dessous, je t'aurais dévorée si je l'avais pu. Tu portais une chemise d'homme rayée, une jupe courte, un style indépassable. Nous avons parlé, beaucoup ri, tu m'as redit qu'il n'était pas question pour toi de passer à côté de moi, pourquoi, tu ne savais plus. Je t'ai demandé si tu étais libre, tu m'as répondu que oui, un mélange de tristesse et d'interrogation ; j'ai dit que je te trouvais *espiègle, audacieuse, très belle,* tout t'allait, tu as aimé que je n'aie pas peur. Tu m'as demandé : « Tu voudrais partir avec moi ? » J'ai pressenti que tu ne voulais surtout pas que je te réponde « Où ? », j'aurais tout gâché, je ne l'ai pas fait. J'ai dit : « Oui. » Je me suis lancé par-dessus la table et les deux cafés, nous avions commandé la même chose puisque nous aimions déjà les mêmes choses et je t'ai embrassée en prenant ton visage entre mes mains, tu m'as laissé faire puis nous sommes partis.

*

Elle avait été une petite fille qui devait s'éteindre, « Tais-toi ! Finis ton assiette ! Va te coucher ! Viens à table ! Arrête de jouer ! » Son père lui disait : « Tu n'as qu'un seul droit, celui de te taire. » Sa mère laissait dire, laissait faire, approuvait en silence. À 40 ans, la femme qui en paraissait dix de moins avait décidé de parler, de s'adresser à cet inconnu quitte à ce qu'il la rejette, elle riait enfin fort, relâchait ses cheveux, montrait ses jambes interminables, ses bras en forme de lianes.

Il était 21 h 30, ses enfants dormaient enfin, elle l'a appelé en chuchotant. « Quel sens ça a, tout ça ? » Elle avait mal dormi. Avait cauchemardé, elle était encore une fois quittée, encore une fois trompée, encore une fois de belles promesses suivies d'un SMS balancé un soir, une rupture de collégien : « Tu es trop bien pour moi, je ne te mérite pas, je sais que je vais te rendre malheureuse. » Il leur restait cinq jours, il avait enfin avancé son vol retour de quelques heures, le billet initial empêchait de se voir le soir même, elle avait refusé de venir le chercher à l'aéroport : « Et si on ne se plaît pas, on va faire comment pour le trajet du retour ? » Il allait atterrir vers 15 heures, ils allaient pouvoir se retrouver trois heures plus tard, il serait passé chez lui déposer sa valise, prendre une douche, se serait changé, il faisait bien plus frais à Paris qu'à Chypre. Il a répondu : « Peut-être aucun, on verra bien. Tu veux bien ? » Elle avait peur. « J'ai besoin d'être rassurée. Je veux te voir, te toucher. »

Ils ont parlé musique et gastronomie, pour se donner de l'air. Ils ont constaté leur détestation commune de Bob Dylan et des fromages qui sentent fort. Il lui a promis de ne pas fuir si elle écoutait, une fois de temps en temps, du disco, évoquant, sans s'en rendre compte, ensemble, une vie à deux. Elle l'a supplié de ne pas être fusionnel, il a cité cette phrase entendue : « Les couples qui marchent sont les couples fissionnels, pas fusionnels », elle a souri. Elle a trouvé qu'il parlait trop de son passé, trop de ses amours d'avant, avaient-elles vraiment disparu, comptaient-elles vraiment aussi peu aujourd'hui qu'il le prétendait ?

Il a roulé longtemps ce jour-là. Une falaise sidérante à droite qui se jetait dans la mer, la montagne à gauche, des roches qui en dégringolaient, l'impression de passer entre les gouttes. Des chèvres traversaient la chaussée, le brouillard enveloppait tout puis s'évanouissait, des conducteurs de scooters inconscients fonçaient sur lui : « Si ça se trouve je vais mourir sans l'avoir jamais rencontrée. » Au restaurant, les tables étaient alignées le long d'un mur de pierres. Une femme très belle, longiligne comme il les aime, s'est assise à la table en face de lui. L'a fixé. De l'autre côté de l'allée, à une autre table, quatre adolescentes les observaient, ces deux solitaires qui allaient déjeuner face à face mais seul à seul, à deux mètres l'un de l'autre. Il n'a rien dit, rien provoqué, il était déjà avec Ambre. La femme l'a quitté des yeux, l'a recroisé plus tard, foudroyé du regard. Un an plus tôt, sur une autre île, une Norvégienne rencontrée le soir même, avec qui il avait cette fois-ci dîné, lui avait dit après l'avoir longuement embrassé : « Il ne se passera rien de plus entre nous ce soir. Mais demain, je pars pour une autre île, sept jours. Viens avec moi. » Aussi fou que cela puisse paraître, il avait décliné.

Il cherchait une nouvelle plage, la mer était agitée, il a nagé, s'est éloigné. Au moment de faire demi-tour, il n'a pas pu, le courant le maintenait sur place, il s'épuisait, crawlait plus fort, les longues palmes orange ne servaient plus à rien, « Je vais me noyer sans l'avoir jamais rencontrée », il avait toujours pensé que s'il devait mourir ces années-là, ce serait d'une noyade en mer. Il a filé sur la gauche, vers les rochers, s'est laissé porter par les vagues. La mer l'a projeté, il s'est cogné, juste ce qu'il faut pour se faire mal sans rien se casser. Il n'est pas parvenu à empoigner le rocher, la vase, l'écume, tout glissait. Il a reculé, en a visé un autre, plus pointu sur son sommet, s'est lancé contre. Le genou droit a cogné fort, il a crié, a réussi à attraper la pierre, les palmes l'empêchaient de grimper. De la main droite, il est parvenu à les enlever, à les jeter au loin, sur d'autres rochers agglutinés les uns aux autres. Elle était à Paris, se promenait, profitait de la ville, buvait un café, conversait avec des inconnus. Le genou saignait un peu, rien de grave.

Des deux mains, il a réussi à se hisser plus haut, puis à passer sa jambe droite par-dessus le rocher, à s'asseoir dessus, à faire venir son autre jambe, à marcher sur les pierres glissantes comme de la glace en hiver. Il s'est mis à quatre pattes, un singe progressant de rocher en rocher, a pu récupérer ses palmes, la pente était raide mais il s'est fait un chemin à la force des jambes et d'une main, les palmes orange accrochées sous le bras gauche – il y repensera plus tard, pourquoi ne pas avoir envisagé de les abandonner ? Il est arrivé au sommet, une petite colline qui descendait sur la plage, il s'est dit qu'il allait pouvoir la rencontrer, il voyait la voiture, il est arrivé, les pieds en sang, à marcher dans les épines et les broussailles, les gens lui ont dit : « Il ne faut jamais nager par ici, la mer est traîtresse, il y a des morts tous les ans », un homme âgé a désinfecté ses plaies, posé des pansements. Il n'en a rien dit le soir au téléphone, a prétexté avoir beaucoup nagé pour mettre fin plus tôt que d'habitude à la conversation, il restait deux jours, il s'endormait en lui parlant, elle a décidé de ne pas en prendre ombrage, de ne pas s'inquiéter, qu'elle ne s'inquiéterait jamais, elle voulait tourner le dos aux soucis, souffler sur eux comme sur un pissenlit. Elle avait depuis longtemps décidé de ne pas s'interroger, de ne pas se demander si cet homme séduisait, embrassait, couchait avec des femmes sur cette île ou s'il fallait le croire quand il jurait qu'il n'en était rien. Il avait décidé de croire que cette femme, si belle, si seule à Paris en plein été, était incroyablement délaissée, désintéressée par ces milliers d'autres hommes pourtant à sa portée.

Elle a dit, le lendemain : « Il faut renoncer à savoir totalement qui est l'autre. Il ne faut jamais fouiller dans ses affaires, dans son téléphone. Je ne l'ai fait qu'une fois, avec lui, celui d'avant. Je savais que lui fouillait mais je n'avais rien à cacher et je ne lui ai jamais dit que je le savais. Moi, je n'ai fouillé qu'une fois. Et j'ai trouvé. Je ne veux plus jamais trouver. »

Il n'est jamais arrivé de sa vie autant en avance à l'aéroport, lui qui voyageait tant. Elle s'est préparée. Elle n'avait pas dormi de la nuit, il n'en saura rien. Il a embarqué, volé, débarqué, hélé un taxi, filé chez lui, elle a écouté de la musique, bu un thé, un café, s'est changée encore une fois. Il avait préparé sa tenue dans sa tête. Il n'a pas changé d'avis. C'était le cœur de l'été, trois semaines après leur premier échange. Ils s'étaient donné rendez-vous sur une place parisienne, vivante, populaire, nettoyée à grands coups de jet d'eau du marché matinal, il s'est posé sur un banc, est arrivé le premier, en avance. Au téléphone, elle avait demandé : « Et si on n'a rien à se dire ? »

Elle a surgi dans son dos. Elle a lancé une petite boutade, il s'est retourné, a souri. Elle s'est assise à côté de lui, il lui a pris la main, il a dit : « Nous y voici ! Bonjour ! » Elle a posé la tête sur son épaule, n'a rien dit. Elle s'est redressée, l'a dévisagé en silence, il a vu la fatigue, les taches de rousseur, la sidérante beauté de son visage, l'a remerciée d'avoir eu le courage de venir jusqu'ici, a cru qu'elle avait pleuré, s'est demandé si un malheur était arrivé, n'a pas osé demander, l'a trouvée délicieuse. Il s'était montré assez indiscret comme ça. Il a détaillé les grains de beauté sur ses bras, dans son cou, son regard, ses minuscules rides, la finesse de ses lèvres. Ils n'ont rien dit d'autre, trois fois rien. Il s'est levé pour s'étirer, faire craquer son dos, qu'elle découvre sa silhouette. « Je n'imaginais pas que tu étais aussi grand. » Il l'ignorait mais cette femme flamboyante recherchait un homme grand et chevelu. S'il avait pu ressembler à Javier Bardem, ç'aurait été le pompon. Il n'en était rien, il possédait une autre forme de charme méditerranéen. Elle a décidé d'en prendre son parti, s'est relevée d'un bond. Lui a pris la main. Demandé en riant : « On y va ? »

NOUS ÉTIONS SIX AMIS

Michèle Fitoussi

Quelqu'un, et ce n'était pas moi, dit : « C'est vraiment pas malin. » Quelqu'un d'autre, et ce n'était pas moi non plus, ajouta : « Il fait vraiment très chaud. »

Moi, je ne disais rien.

Nous étions assis au bord d'une route bordée d'un muret de pierres blanches. Un paysage du Péloponnèse aride, parsemé d'oliviers et de broussailles. Il n'y avait pas un souffle de vent. L'air était cependant chargé de bons effluves, du thym, du romarin, des odeurs de maquis. Assommés par la chaleur, nous nous étions posés sous un bosquet d'arbres et débarrassés de nos sacs à dos qui pesaient lourd sur nos épaules. Nous marchions depuis dix heures du matin sous le cagnard. Il était bientôt midi et nous mourions de soif.

Au-dessus de nous, l'azur obstiné du ciel semblait nous narguer. Les yeux fermés ou fixés sur nos chaussures, nous ne le regardions plus.

Il en faut si peu pour détester l'été.

*

Ce n'était pas un mois de juillet comme les autres. C'était celui de notre liberté. Nous étions ivres de nous-mêmes, trois garçons, trois filles, bouillonnants de sève, impatients de partir à l'aventure. Cet été-là, la SNCF avait lancé un billet qui permettait aux étudiants de voyager en Europe pour une somme modique. Pour nous qui étions toujours fauchés, c'était une aubaine.

Cora avait suggéré l'Italie, j'avais renchéri sur la Grèce. J'ignorais à peu près tout de ce pays, même si je feignais d'en savoir plus que les autres parce que j'avais vu *Z*, le film de Costa-Gavras qui annonçait le régime fasciste. Mais les colonels ne gâcheraient pas nos vacances. Du reste, rien ne pourrait gâcher ces vacances. Nous les préparions depuis des mois.

Après quelques discussions, nous avions élaboré notre itinéraire en nous aidant de cartes et du *Guide du routard*. Il n'y avait pas d'Internet à l'époque. Pour nous loger, nous comptions sur la chance. Les hôtels chers étaient exclus. Restaient les campings et les pensions de famille. Nous irions d'abord à Florence, puis à Rome, ensuite Naples et Bari d'où nous prendrions un ferry pour Corfou, l'île grecque la plus proche. De là nous gagnerions Patras pour visiter Olympie, Épidaure, Mycènes, comme le faisaient les touristes modèles, en nous déplaçant en train. Notre avant-dernière étape serait Athènes, avec l'Acropole, le Parthénon et quelques musées en prime. Nous avions réservé la Crète pour les derniers jours. Les plages y étaient, disait le guide, encore plus belles qu'à Corfou, la mer encore plus transparente.

Sur le papier, c'était impeccable.

Nous n'avions pas conscience que voyager en Grèce se révélerait difficile. On pouvait attendre un ferry trois jours, pour peu qu'il y ait du vent. Les correspondances entre les transports ne coïncidaient pas forcément. Et surtout, ce n'était pas le pays des trains.

*

— Quels cruchons nous étions ! a tranché Flo en plongeant sa cuillère dans le tiramisu que, selon une tradition bien ancrée, nous partagions une fois par an, lorsque nous déjeunions ensemble dans un restaurant italien.

Cinquante ans nous séparaient de ce mois de juillet 1974. Je ne crois pas en avoir jamais reparlé avec elle. Nous avions trop à nous dire et ces deux heures, volées de temps à autre à nos agendas surchargés, ne nous suffisaient jamais. Notre amitié avait perduré si longtemps que c'en était presque un miracle. Elle venait peu à Paris, j'allais rarement à Bordeaux. Après avoir évoqué nos familles respectives, maris, enfants, petits-enfants et discuté de nos métiers – elle avait vendu son cabinet de médecin, j'avais un nouveau projet de livre –, elle m'a appris le décès de Schrodie. Elle était la seule à avoir gardé le contact avec lui, il lui envoyait parfois des patients. La nouvelle m'a un peu attristée. Il y avait bien longtemps qu'on s'était perdus de vue. J'en gardais cependant l'image d'un garçon attachant, qui lisait beaucoup. Nous avons parlé des autres. Puis de ces fameuses vacances.

Flo a toujours eu une bien meilleure mémoire que la mienne, je la soupçonne même d'être hypermnésique. Elle se souvenait de tout, là où j'avais préféré oublier. C'était si loin surtout. Une vie entière s'était écoulée.

Elle s'est mise à rire.

— Quand je repense à notre glorieuse arrivée à Olympie !

J'ai éclaté de rire moi aussi. Avec le recul, c'était drôle. Sur le moment, beaucoup moins.

*

Alors que nous commencions à désespérer sous nos oliviers, une bétaillère était passée. En entendant le bruit du moteur, Paulo se leva d'un bond, étirant son mètre quatre-vingt-quinze, et il se posta au milieu de la route en agitant ses grands bras maigres. La camionnette s'arrêta à notre hauteur.

D'un geste de la main, le conducteur nous désigna l'arrière. Nous nous installâmes tant bien que mal en poussant les moutons mécontents. Marco s'assit à l'opposé de moi.

Heureusement, le trajet ne dura pas longtemps. Nous étions plus près d'Olympie que nous ne le pensions. Notre chauffeur nous laissa à l'entrée du site archéologique, ce qui lui fit faire un détour. Une brebis avait pris Schrodie en sympathie et se frottait à lui en bêlant.

— C'était bien la seule, a dit Flo en terminant à regret le tiramisu. On commençait à se détester. Tu veux un café ?

*

Tout avait si bien commencé, pourtant. Je nous ai revus, hilares, sur le quai de la gare de Lyon juste avant le départ, harnachés de nos sacs à dos bourrés jusqu'à ne plus pouvoir les fermer. Nous étions des amis. Des vrais. Soudés par les années, les études, les moments festifs, et nous en avions eu de nombreux. Heureux et désinvoltes comme on l'est à vingt ans, quand on est persuadé que rien dans la vie ne pourra ternir notre belle insouciance.

Il y avait d'abord Marco, le beau Marco, qui faisait rêver les étudiantes de deuxième année. Il était convaincu que nous nous marierions un jour, j'étais beaucoup moins enthousiaste. Je l'aimais, bien sûr, comment ne pas aimer Marco ? Mais j'étais aussi très féministe et plutôt grande gueule, disaient mes amis. Je voulais voyager, écrire, être libre. Marco était d'accord à condition que je m'occupe d'abord de nos futurs enfants. Nous nous disputions souvent à ce sujet, et sur bien d'autres. Marco se montrait jaloux, possessif, et ces défauts gâchaient parfois nos meilleurs moments.

À ses côtés, Paulo, grand, maigre, rigolard, la cigarette vissée à la bouche comme Lucky Luke. Paulo était l'alter ego de Marco depuis la maternelle. Ils s'étaient promis de devenir médecins pour sauver l'humanité. Quand l'un parlait, l'autre finissait ses phrases. Quand l'un riait, l'autre l'imitait, parfois sans savoir pourquoi. Le vrai couple, c'était eux, et pourtant dans la vie de Paulo, il y avait aussi Cora, son grand amour, comme j'étais celui de Marco. Depuis deux bonnes années déjà, Cora hésitait entre lui et un blanc-bec que nous détestions, un Amaury avec un patronyme à tiroir et une moue arrogante de fils de famille. Rien à voir avec notre Paulo. Elle rompait avec l'un, reprenait avec l'autre, revenait, repartait, les rendait tous les deux fous. Pour les vacances elle avait choisi Paulo, cependant rien ne disait que c'était pour de bon. Devant nous, ils évitaient le sujet, mais on les voyait parfois s'éloigner pour de longs conciliabules.

Les deux derniers, Flo et Schrodie, étudiaient la médecine eux aussi. En dépit de nos efforts répétés, ils ne s'étaient pas mis en couple. Flo, mon inséparable amie de lycée, était aussi solaire que Schrodie était renfermé. Elle rêvait de devenir chanteuse, mais artiste n'est pas un métier sérieux, avaient décrété ses parents. Elle leur avait obéi à regret, ce qui ne l'empêchait pas de fredonner sans cesse. Et Schrodie était Schrodie. Un garçon discret, sans aspérités ni passions, inféodé aux deux autres qui l'avaient pris sous leur protection depuis la première année.

L'Italie, que nous découvrions pour la première fois, nous avait tous émerveillés. Pour quelques lires à peine, nous nous régalions de pâtes, de pizzas, de glaces, de gâteaux, de quoi rassasier à bon prix nos estomacs gâtés par les plats insipides du restau U pendant l'année. Nous visitions monuments et musées, marchions des kilomètres sous le soleil, nous nous perdions, nous retrouvions, nous perdions encore, le *Guide du routard* nous servait de boussole. Nous avions fêté les vingt ans de Cora dans un petit restaurant de Florence dont nous avions soigneusement épluché les prix sur le menu affiché devant la porte. Nous avions commandé les plats les moins chers et au dessert, trois parts de tiramisu que nous avions partagées. Paulo lui avait offert une bague en argent sertie d'une grosse pierre bleue, achetée l'après-midi même chez un bijoutier du Ponte Vecchio. Il y avait mis son cœur et presque toutes ses économies.

À Rome, Marco se jeta à mes pieds devant la fontaine de Trevi et me jura un amour éternel d'une voix que l'abus de *vino rosso* faisait bégayer. Il était si mignon ainsi que je m'agenouillai pour l'embrasser. Paulo fit de même avec Cora. Flo et Schrodie se tenaient devant nous, les bras ballants, un peu gauches, mais nos rires étaient tellement contagieux qu'ils finirent par nous imiter. Des touristes suédois s'arrêtèrent pour nous applaudir. Un Italien qui passait cria : « *Viva l'amore !* »

Dans les cafés, les restaurants, l'ambiance était survoltée. La coupe du monde de football qui se jouait en Allemagne passionnait toute l'Italie. Les soirs de match, des centaines de supporters se pressaient devant les téléviseurs en hurlant. Nous avions regardé la finale dans une pizzeria de Naples et crié à nous casser les cordes vocales avec les *tifosi* qui, comme nous, se fichaient bien du résultat mais qui aimaient par-dessus tout faire du bruit.

Était-ce le pays ? L'atmosphère ? Jamais je ne m'étais sentie si heureuse. J'aimais tout. Les pensions de famille où nous négociions une grande chambre pour six – et nos fous rires devant les regards suspicieux que nous jetaient les tenanciers –, les glaces à la *nocciola* servies dans de délicieux cornets en biscuit que Paulo et Marco avalaient à la file, les cafés *ristretto* commandés à des serveurs empressés, les plages de Naples et les matrones en maillot de bain qui s'extasiaient sur notre minceur de Parisiennes. Et par-dessus tout, j'aimais mes compagnons. Marco, avec lequel je ne me disputais plus, l'Italie faisait des miracles, et les quatre autres aussi. Oui, je les aimais tous, d'amour, d'amitié. Rien ne pourrait jamais nous séparer.

*

Après un café, puis deux, nous nous sommes attardées dans le restaurant qui se vidait. Flo était lancée. Elle m'a rappelé qu'après Olympie, pas mal énervés, nous avions écourté notre périple dans le Péloponnèse puisque nos pass ne servaient à rien. Et aussi que l'ambiance avait changé entre nous après Corfou.

Tandis qu'elle racontait, les souvenirs que j'avais enfermés à double tour dans ma mémoire ont soudain afflué. Je me suis repassé l'histoire en silence. Je hochais la tête de temps à autre, pour lui faire croire que je l'écoutais.

Nous avions débarqué sur l'île le cœur joyeux. Après quelques recherches, nous avions trouvé le camping de nos rêves, propre, abordable, situé dans une oliveraie un peu éloignée de la ville. Depuis nos tentes plantées sous les arbres, il n'y avait que quelques pas à faire pour nous tremper dans une eau turquoise, transparente, fraîche sans être froide. Nous passions nos journées à nager et à rire. Quand le soleil était trop fort, nous nous reposions à l'ombre, couchés sur nos serviettes posées à même le sable moelleux. J'essayais bien de lire, mais dès les premières pages, j'abandonnais ma lecture et je somnolais contre le corps brûlant de Marco, nos mains entremêlées.

Le lendemain de notre arrivée, nous nous étions arrachés de la plage à regret. Il fallait bien de temps à autre redevenir des touristes. Nous avions alors visité la vieille ville, la forteresse et le musée d'art, cherché les traces d'Albert Cohen, né dans l'île. Flo et moi avions adoré *Belle du Seigneur*. Nous nous étions promenés dans les ruelles en explorant chaque boutique, nous avions poursuivi le concours du plus grand mangeur de glaces, comme en Italie, même si, de l'avis général, elles étaient bien moins bonnes. Avec cinq chacun, Marco et Paulo étaient encore arrivés ex aequo. Puis nous étions repartis nous baigner.

Au camping, Flo avait rencontré un Anglais qui parcourait le monde. Alastair était plutôt attirant avec ses cheveux d'un blond soyeux de bébé, retenus en une fine queue-de-cheval, et ses yeux très clairs, perdus dans un brouillard de haschich. Nous l'avions tous charriée, elle s'était défendue, un peu trop fort peut-être. Il n'était pas son genre. Trop baba cool pour elle qui aimait les garçons plus soignés. Mais il avait une guitare et surtout, il chantait.

Il nous prit en sympathie et bientôt il ne nous lâcha plus. Il nous suivait sur la plage et dans l'eau et quand nous allions prendre nos repas au restaurant du camping. Alastair était gentil, prévenant, un peu rêveur. Il me souriait souvent et je lui rendais ses sourires. Puis je surpris les regards furibonds de Marco et je l'évitai. Je ne voulais pas provoquer de dispute.

Le dernier soir, nous nous étions retrouvés devant sa tente pour fumer avec lui. Il prit sa guitare. C'était un excellent musicien. Flo s'assit à côté de lui et joignit sa voix pure à la sienne. Leur répertoire semblait infini, les Beatles, Simon and Garfunkel, les Bee Gees, Leonard Cohen. Nous reprenions certains refrains en chœur en nous passant les joints qu'Alastair sortait les uns après les autres d'un petit sac afghan. L'air était chaud, la musique nous berçait. La tête me tournait un peu, je n'avais pas l'habitude de tant fumer.

Quand il amorça les premiers accords de *You've Got a Friend* de Carole King, j'oubliai ma réserve et je lui souris pour lui montrer mon enthousiasme. J'aimais beaucoup cette chanson. Il me sourit lui aussi et me regarda dans les yeux, comme s'il jouait pour moi seule. Je soutins son regard. Le haschich me faisait perdre mes repères. Et puis je réalisai que Marco allait être furieux. Quand je me retournai pour vérifier, il n'était plus là. Il s'était éloigné vers la plage avec Paulo et Schrodie. Alastair me souriait toujours.

À la fin de la chanson, Flo lui demanda de lui enseigner quelques accords, ce qu'il fit, puis il me proposa de me les montrer aussi. Je commençai par refuser, mais il vint s'asseoir à côté de moi. Il posa l'instrument sur mes genoux et me guida en entourant mon épaule de son bras. Je sentais son souffle sur ma peau, son odeur de patchouli. Ses mains chaudes sur les miennes. J'étais troublée.

J'entendis Marco proposer à la cantonade un bain de minuit. Il cria mon prénom puis revint me chercher en courant. Quand il nous vit, il repartit sans un mot. Je l'appelai à plusieurs reprises, il ne me répondit pas. Je me levai pour le rejoindre, mais j'étais incapable de tenir debout.

— Ce joint est trop fort, balbutiai-je. Je vais me coucher.

Flo proposa de m'aider à rentrer. Je lui dis que je pouvais me débrouiller seule, j'étais juste fatiguée. Elle n'insista pas. Elle se dirigea vers la plage, suivie des deux autres.

La tente la plus proche était celle d'Alastair. J'y entrai et je m'allongeai sur son sac de couchage en espérant me ressaisir. Et je m'endormis.

Je fus réveillée par une forte odeur de shit et de patchouli. Et par une bouche sur la mienne. De longs cheveux mouillés balayaient mon visage. Ceux d'Alastair. J'essayai à plusieurs reprises de le repousser, mais mon corps était lourd, mon cerveau embrumé, je ne parvenais pas à lui résister. Une partie de moi se rebellait, une petite voix me soufflait que c'était nul, que je devais lui dire non, que Marco allait arriver. Une autre me glissait que je n'étais pas mariée avec lui, qu'il exagérait avec sa jalousie, qu'il méritait une petite leçon. La drogue levait mes inhibitions et Alastair embrassait bien.

Il souleva mon T-shirt, promena sa bouche sur mes seins et mon nombril, déboutonna mon short et son jean, fit glisser mon slip et me caressa. C'était tout à la fois agréable et perturbant. Puis il se coucha sur moi et tenta de me pénétrer. Il s'y reprit à plusieurs fois. Il me faisait mal. Je commençais à dégriser. Ma jambe droite sur laquelle il s'appuyait de tout son poids était douloureuse. Je ne pensais pas qu'un garçon à l'apparence si frêle pouvait peser aussi lourd. Je lui dis plusieurs fois de s'arrêter, mais il ne m'écoutait pas. Dès que je tentais de me dégager, il me retenait avec fermeté par les poignets. Il se mit à bouger en moi de plus en plus vite, en soufflant très fort, sans se soucier de ce que je pouvais dire. Du reste je ne disais plus rien. Il répétait en boucle le mot « *bitch* » dans mon oreille. Puis il poussa un grognement et laissa tomber sa tête sur le côté sans un mot. La scène n'avait duré que quelques minutes.

Des voix se firent entendre. Les autres revenaient de leur baignade en riant.

— Où est Alastair ? demanda Flo.

Il se leva d'un bond, reboutonna son jean et sortit de la tente.

— *I am here. I was looking for my guitar.*

Ils s'éloignèrent. J'entendis Marco lui demander s'il m'avait vue.

— *No, no,* répondit Alastair.

Puis il ajouta en français :

— On y va ?

J'attendis qu'ils s'éloignent tous. Je m'essuyai comme je pus avec un Kleenex trouvé dans ma poche, baissai mon T-shirt, remis mon slip et reboutonnai mon short.

Je sortis de la tente avec précaution et je m'engageai sur le chemin qui menait à celle que je partageais avec Marco. J'espérais qu'il serait encore avec les autres, mais non. Il était assis par terre devant l'entrée et il fumait. Il était trop tard pour faire demi-tour. Je devais avoir un air étrange car il me demanda tout de suite où j'étais passée avec une pointe d'agressivité dans la voix.

— Là-bas, j'étais là-bas.

Je désignai le sous-bois d'un air vague.

— Avec Flo, murmurai-je.

— Mais elle était avec nous !

— Je veux dire dans sa tente.

Pourquoi ne lui ai-je pas dit la vérité tout de suite ? Que je dormais, assommée par le shit. Qu'Alastair avait profité de mon état brumeux. De quoi avais-je peur ? D'une réaction violente de sa part ? Ou qu'il ne me croie pas ? Rien n'était clair dans mon esprit. Je n'avais pas voulu coucher avec Alastair. Quand j'y repensais, c'était horrible. Mais pourquoi avais-je trouvé ses baisers agréables ? Pourquoi m'étais-je laissé faire au début ? Et pourquoi lui avais-je rendu ses sourires ? Avait-il pensé que je l'avais allumé ? Et s'il prétendait que j'étais consentante ? Après tout, je m'étais endormie dans sa tente. Sur son sac de couchage. S'était-il imaginé que je l'avais fait exprès ? Je me mis à penser aux conséquences. Le jugement de mes amis, nos vacances gâchées par ma faute. Et pire que tout, une rupture avec Marco.

Il s'approcha de moi, m'attrapa les bras. Je me dégageai brusquement, mes poignets étaient douloureux comme le reste de mon corps. Ce geste l'énerva davantage.

— Tu pues le shit !

— Comme toi !

— Non, il y a une autre odeur ! J'ai bien vu ton manège ! Tu te l'es fait, c'est ça ? Tu te l'es fait ? Vous avez couché ensemble ? Quelle salope !

— Oh, tu me saoules ! Je suis fatiguée. Fous-moi la paix !

J'entrai dans notre tente et je m'affalai sur mon sac de couchage. Il resta un instant debout au-dessus de moi, presque menaçant, puis il tourna les talons.

Le soleil qui pénétrait par l'ouverture de la tente m'ouvrit les yeux. Marco n'était pas à mes côtés. J'avais une vague envie de pleurer et puis je me ressaisis. Je n'avais rien fait de mal ! Et quand bien même ! J'étais libre de disposer de mon corps, même si c'était la première fois que je le trompais. Mais pouvait-on appeler cela une tromperie ? Est-ce que c'était un viol, alors ? Le mot m'effrayait. Il me semblait démesuré. Je ne savais pas comment me situer. Victime ? Coupable ? Rien ne me convenait.

Je me redressai en vacillant. J'étais toujours endolorie. Il me fallait une douche et un café. Je me dirigeai vers les sanitaires. L'eau chaude qui coulait sur mon corps m'apaisa. Je mis un short, un T-shirt propre, puis je me rendis au restaurant.

Ils arrivèrent les uns après les autres. Schrodie, suivi de Paulo et de Cora, puis de Flo qui fredonnait. Tous sauf Marco. Ils partirent chercher des cafés, s'assirent et recommencèrent à vanner et à rire. Ils étaient infatigables. Flo, imperturbable, chantonnait.

Après quelques mesures de *You've Got a Friend*, je lui intimai de se taire. Je crois que je criai presque.

Marco revint une heure plus tard sans mentionner notre altercation. C'était comme si rien ne s'était passé, mais je le connaissais trop bien pour me dire qu'il avait oublié. Il était devenu distant avec moi. Je m'excusai auprès de Flo de mon mouvement d'humeur matinal, elle hocha la tête sans un mot. Il fallait que je lui parle. Mais par quoi commencer ? Et comment le prendrait-elle ? J'étais sûre qu'Alastair lui plaisait en dépit de ses dénégations.

Le ferry partait à midi et nous étions loin du port. Paulo nous intima de nous dépêcher. Alastair avait disparu alors qu'il avait projeté de nous suivre. On ne le revit plus.

Je décidai d'oublier l'épisode. De ne pas en parler. De ne pas y penser. Jamais. C'était plus difficile que je ne le croyais.

Je vécus la suite du voyage comme si je me déplaçais dans un brouillard. Dans le ferry, un malaise s'instaura entre nous tous, sans doute parce que Marco parlait à peine et que j'étais aussi peu loquace que lui. La magie italienne s'était enfuie. Et puis il faisait trop chaud. Schrodie lisait *Le Bel Été* de Cesare Pavese, dont j'avais pensé au début du voyage que le titre était de bon augure. Cora semblait ailleurs. Paulo ne cessait de fumer. Flo restait distante. Je mis son attitude sur le compte de la migraine dont elle se plaignait. Elle aussi semblait m'éviter.

À Athènes, la canicule atteignit des sommets. Le moindre mouvement nous coûtait. Nous n'avions même plus faim. La visite de l'Acropole bondée de touristes, sous un soleil brûlant, fut une épreuve. Heureusement, la clim du musée archéologique, où nous avions fini par nous réfugier, sauva une partie de la journée.

Notre hôtel était proche des sites archéologiques. Nous avions pris la seule chambre qui restait, une immense pièce au plafond haut, avec deux grands sommiers. L'hôtelier avait fait rajouter deux lits de camp. Nous étions si épuisés qu'il ne nous avait pas fallu longtemps, en rentrant du musée, pour sombrer dans un sommeil lourd. Paulo, qui s'était absenté avec Cora, revint seul, deux heures après. Il nous réveilla en déversant bruyamment le contenu de son sac à dos sur son lit. De la mortadelle, de la feta, des tomates, des crackers, de l'eau et une boîte de Caprice, ces cigarettes au chocolat dont nous raffolions tous. C'était un festin. Puis il sortit une enveloppe de sa poche. Nos billets pour la Crète ! Le départ était fixé le lendemain vers midi. « Hourrah ! » s'exclama Schrodie, ce qui nous fit éclater de rire.

L'ambiance morose sembla se transformer. Nous allions nous reprendre. Quelques jours de plage sauveraient la fin de nos vacances. Nous resterions là-bas plus longtemps que prévu. J'en profiterais pour me rapprocher de Marco. Il fallait que j'agisse mais je ne savais pas quoi lui dire. M'écouterait-il seulement ? Cora rentra un peu plus tard. Elle avait les yeux rouges. Elle s'efforçait bravement de sourire.

Le lendemain au port, l'agitation était semblable à celle qui régnait dans la ville et qui nous avait surpris quand nous avions quitté l'hôtel. Les gens avaient tous des mines graves. De jeunes hommes qui portaient des sacs de plastique bleu couraient dans tous les sens. Des files se formaient çà et là. Les questions que nous posions nous valaient une réponse identique.

— *War. It's war.*

Nous étions le 15 juillet. Les colonels avaient tenté un coup d'État à Chypre pour rattacher l'île à la Grèce. Mais nous ne comprenions pas le grec, nous ne le lisions pas non plus. Nous étions des idiots qui voyageaient à l'aveugle. Alors que nous patientions dans la queue qui s'était formée pour monter dans le ferry, une femme nous expliqua en anglais que les Turcs avaient envahi Chypre.

— Rentrez chez vous ! Ce n'est pas bon pour les touristes, ajouta-t-elle. Tous les hommes vont être mobilisés.

Marco voulait repartir tout de suite à Paris. Comme je tentais de lui répliquer, il me coupa d'un « Oh toi, ta gueule » si violent que j'eus la sensation qu'il me giflait. J'allais répondre mais Paulo, d'un regard, m'intima de me taire. Ils s'éloignèrent. Schrodie n'osa pas les suivre. Il s'assit à l'ombre d'un auvent avec les filles et il sortit un autre livre de sa poche. Il avait terminé *Le Bel Été*.

Je restai debout, en plein soleil. Je les observais de loin. Marco, boudeur et sombre, Paulo qui parlementait. J'avais la gorge serrée, les larmes commençaient à monter. Poussé par Paulo, Marco se dirigea vers moi, à contrecœur me sembla-t-il.

Je me jetai dans ses bras. Il ne me rendit pas mon étreinte. Il ne me repoussa pas non plus.

— Pardon, répétai-je en sanglotant et en m'accrochant à lui. Pardon !

J'avais tellement peur qu'il me quitte. Je ne me reconnaissais pas.

— Ça va, dit Marco d'un ton rude, ça va. Mais je ne veux plus en entendre parler. Jamais.

Il s'éloigna à grands pas. Il me fallut courir pour le rattraper.

*

— J'ai quelque chose à te demander, ai-je dit à Flo au moment de l'addition, alors que nous finissions d'évoquer cette histoire, elle parlant pour ne rien dire, moi toujours silencieuse, repassant les images dans ma tête. Que pensais-tu d'Alastair ?

— Oh lui ! C'était un sale type avec ses airs faussement *peace and love.* Il a essayé de m'embrasser dans l'eau quand on est tous partis se baigner... Mais je ne me suis pas laissé faire. Pourquoi ? a-t-elle ajouté en me regardant de côté. Il te plaisait, non ? C'est pour ça que Marco te faisait la gueule ! Mais bon, tu l'avais peut-être cherché.

J'ai encaissé. Elle était ma plus chère amie, et je m'étais débattue seule, sans son aide. Sans l'aide d'aucun d'entre eux, d'ailleurs. Marco leur avait-il raconté que j'avais couché avec Alastair ? M'en avait-elle voulu ? S'était-elle rangée de son côté ? Et Cora ? Et Schrodie ? Seul Paulo avait voulu tout arranger alors que son couple allait si mal. Il avait été mon seul allié, le plus sensible de tous.

J'ai ouvert la bouche pour rétablir la vérité. Et puis à quoi bon ? Je n'y pensais plus depuis si longtemps. C'était sans importance, désormais.

*

Cet été-là, nous avons tous grandi d'un coup. Je me souviens de Paulo en larmes sur la place Syntagma, envahie par une foule si considérable que nous pouvions à peine respirer. De Cora, la mine fermée. De Marco qui me broyait la main. Le régime des colonels venait de tomber. Nous vivions des moments qui s'ancreraient dans l'histoire et nous ne pensions qu'à nous.

À la gare d'Athènes, les rares trains étaient pris d'assaut. Nous avons réussi à en attraper un et nous avons voyagé debout une bonne partie du trajet. Schrodie est reparti pour Nantes, sa grand-mère venait de mourir. Flo a retrouvé ses parents sur la côte basque où elle a rencontré son futur mari. Paulo est rentré seul chez lui, Cora rejoignait Amaury. Cette fois, c'était pour de bon. L'année suivante, nous nous sommes moins vus. Et puis de loin en loin seulement.

J'ai mis un peu de temps à quitter Marco. Je n'ai pas compris tout de suite que son absolution pour une faute que je n'avais pas commise signerait la fin de notre histoire.

JE RENTRERAI BIEN VITE

Aurélie Tramier

Quimper, août 2006

Ce que j'aime le plus chez mamie, c'est le grenier. Avec Léo, on y passe des journées entières : il y a tellement de choses à découvrir ! Maman dit tout le temps que c'est un gros bazar. Mais justement, on peut jouer aux archéologues, aux inventeurs, à la guerre, se cacher derrière les étagères. Le rêve ! Léo est mon cousin du côté de papa ; mamie n'est pas sa grand-mère, mais il n'habite pas loin et elle l'invite souvent pendant les vacances, sinon je m'ennuie.

La maison est immense et fait plein de bruits étranges. *Cric, crouic.* Ça sent le vieux, le temps qui passe et les souvenirs. Quatre étages de bonheur, des pièces partout, un jardin si grand qu'on n'en voit pas le bout, surtout avec le brouillard. Il y a même des moutons mais le bébé a été mangé par un renard. Mamie était bien triste mais n'a pas pleuré.

Elle ne pleure jamais. Elle dit que quand papi est mort, elle a tout versé. Je ne me souviens pas de lui, mais elle l'a mis en photo partout. Derrière ses rides, j'ai du mal à l'imaginer jeune, beau et avec des cheveux.

Mamie adore regarder la télé, alors on en profite. Hier soir, on a revu notre film préféré, *La Grande Vadrouille*, l'histoire de deux Français qui sauvent des Anglais pendant la Seconde Guerre mondiale et qui réussissent à échapper aux Allemands. Ils sont vraiment débiles, eux, surtout le bigleux qui tire sur l'avion de son camp. On a tellement rigolé ! Après, on s'est amusé à les imiter. Dans les films, les Allemands ont toujours l'accent des méchants.

Aujourd'hui, il pleut comme vache qui pisse, comme dit mamie au petit déj. D'habitude, j'aime bien jouer sous les gouttes, mais avec cette image en tête, ça me tente moins. Heureusement, Léo a toujours des idées.

— On construit des cabanes au grenier ?

Nous montons l'escalier en courant, puis l'échelle jusqu'à notre repaire. Mamie nous crie de faire attention. Nous refermons la trappe pour ne pas l'entendre. Les grands-mères donnent toujours trop de conseils.

— Je m'installe à gauche, décide Léo. Chacun sa cabane et on vote à la fin !

Je tourne les yeux tout autour de moi. Vite ! Léo est fort, il veut être architecte ; moi, je suis meilleur au foot. Léo déménage plein de choses, faut que je me dépêche. Je choisis un coin sous le Velux. Ça fera de la lumière. Sur les poutres, je peux suspendre des vêtements pour faire des cloisons.

Je me précipite vers la malle avec les déguisements, j'ai vu un drap et une cape l'autre jour, ça fera l'affaire. Des coussins ? Je tousse en les secouant. Et des meubles ? Je jette un œil à Léo qui a trouvé une lampe. Sa cabane a l'électricité. Il va encore gagner… Je farfouille au fond du grenier, là où le toit est de plus en plus bas. Il y a tellement de choses entassées que je déniche toujours des trucs amusants. Des tasses ? Top. Des fleurs en tissu ? Beurk. Une photo de papi ? Oui. Et ça, c'est quoi ? Sous des caisses en plastique remplies de cahiers dort une malle en bois. Je la libère péniblement. Tiens, il y a quelque chose d'écrit en lettres dorées. Je souffle sur la poussière, le bois noir devient brillant. « Lieutenant Mercier. « Mercier », comme mamie avant son mariage, mais « Lieutenant » ? Je hausse les épaules et traîne la malle vers ma cabane. Ça fait *cling clong*. Encore un effort, je tire la langue, on y est ! Voici la table de mon salon ! La classe ! Curieux, j'ouvre le coffre et trouve deux casques en métal gris.

— Léo, viens voir !

Mon cousin se précipite, en attrape un et le met sur sa tête. Trop grand, mais peu importe.

— Prends garde, Maxime, la guerre est déclarée !

J'enfile le second, prêt à en découdre, mais voyant Léo me lancer un projectile, je mets mes mains sur mon crâne pour me protéger. Le casque dégringole et ses rebords un peu évasés me tapent le nez. Je l'observe.

— Fais voir l'autre ?

Il est très différent. Il a une petite visière, un peu comme une casquette.

— Le tien, dit Léo, on dirait celui des Boches dans *La Grande Vadrouille*.

— T'es malade ! Pourquoi on aurait un casque comme ça ?

*

29 mai 1916

Meine liebe Anna,

Nous sommes arrivés près d'un fort. Je crois qu'on va bientôt se battre. Je ne peux en dire plus, de toute façon on n'en sait rien. Tes lettres me font tellement de bien. Comment va Frieda ? Dis-lui que je l'aime et que je pense à elle. Pourrais-tu m'envoyer du tabac et du papier ? Ah oui, et une corde G pour mon violon ? Un soldat menuisier a réussi à le réparer avec une caisse de munitions. Le voilà balafré ! Il a un son grinçant mais ça ne fait rien. Il nous remonte le moral, malgré la G qui va bientôt casser. N'hésite pas à vendre ma montre si besoin. Tu me manques, ma fille me manque, la musique me manque, Munich me manque. Je t'écrirai après le combat. On va faire la peau à ces Frösche de malheur ! Presque deux ans qu'on croupit là, il faut qu'on s'en sorte, cette fois sera la bonne. Ne me juge pas. On nous entraîne à les haïr, tu sais, peu importe pourquoi, mais c'est eux ou nous, pas le choix. Quand tu en vois un, tu tires, c'est tout. Et puis Wilhelm est mort. Devant mes yeux. Avec lui, c'est mon enfance qui a explosé. J'essaie d'oublier. On ne doit pas trop penser. Pas penser du tout, sauf à la famille, à tout ce qu'on aime et qui nous protège. Ne crains pas pour moi, le portrait de Frieda, collé contre mon cœur, me porte et me préserve. Frieda… Ce prénom est un doux rêve. La paix renaîtra de tout ce chaos.

Je t'embrasse, mon amour, je rentrerai bien vite. Je te le jure devant Dieu.

Dein Theodor

*

Quimper, août 2006

Mamie fait la sieste. On va devoir attendre au moins un siècle. Avec Léo, on tourne les casques dans tous les sens en se demandant d'où ils peuvent venir. Mamie ronfle très fort. Comme on en a marre, on fait exprès de faire du bruit en tapant sur les casques avec des cuillères en bois. Mamie sort de sa chambre et crie :

— Dites donc, bande de rutabagas, vous n'avez rien de mieux à faire ?

C'est son insulte préférée quand elle est fâchée, mais elle ne le reste jamais longtemps, alors ça ne nous fait pas peur. Puis elle voit enfin les casques que l'on a remis sur nos têtes. Son regard s'agrandit.

— Où avez-vous dégoté ça, petits fouineurs ?

Sa voix se balance comme un yo-yo.

— Dans le grenier. On peut jouer avec ?

— Non.

Elle retire doucement le casque que je porte. D'un coup, ses yeux partent très loin, bien au-delà de nos épaules.

— Mamie, ça sort d'où ?

Ses pupilles restent suspendues dans le vide par un crochet invisible.

— Madame Irène ? insiste Léo.

Elle sursaute et nous sourit.

— Ce sont ceux de mes grands-pères, annonce-t-elle doucement.

— La vache, et ils datent de quand ?

Mon cœur bondit. Mamie a toujours les poches bourrées d'histoires et j'adore qu'elle nous les raconte.

— De la Première Guerre mondiale, bien sûr !

— Mais pourquoi ils sont différents ? demande Léo.

Elle nous jette un regard étonné.

— Eh bien, parce que celui-ci, dit-elle doucement en prenant le casque à visière, est celui de mon pépé français, Gaston Mercier, et celui-là, de mon Opa, Theodor Seebauer.

Je viens de me transformer en statue de glace, *pif paf*, comme ça. Je ne peux plus bouger mes mains. Elles sont restées givrées en l'air, je voudrais lui reprendre le casque mais je n'y arrive pas.

— C'est une blague, mamie ?

— Non. Pourquoi ?

— Tu as un grand-père allemand ?

— Évidemment, rit-elle, ma mère était munichoise. Elle s'appelait Frieda !

Je m'étouffe. Je sais qu'elle s'appelait Frieda, mais comment j'aurais pu savoir que c'était pas français ? J'ai toujours entendu ce prénom. Léo pouffe dans sa main et murmure dans mon oreille : « La vache, t'es un Boche ! »

— Hein ? Pourquoi on me l'a jamais dit alors ?

— Enfin, Maxime, on ne l'a jamais caché ! Frieda Seebauer, ça ne sonne pas très breton ! Elle a rencontré mon père à Freiburg après la guerre. La seconde.

— Et il faisait quoi là-bas ? interroge Léo.

— Il faisait partie des garnisons de Français envoyées en Allemagne. Je ne sais pas trop ce que ma mère était venue faire là, mais ils sont tombés amoureux. Ensuite, ils ont vécu en France. Je suis née à Quimper. Je ne parle même pas allemand.

— Pourquoi ?

Léo a l'air de trouver ça passionnant. Idiot ! On voit bien que c'est pas lui qui découvre ce bazar.

— Ma mère n'a pas voulu me l'apprendre. Elle avait honte, les nazis, la guerre, elle voulait que je sois française. À l'école, elle avait peur qu'on m'insulte ! Elle m'a même fait apprendre l'espagnol, tout plutôt que sa langue ! J'ai compris bien plus tard qu'elle avait souffert d'être allemande… En France, dans les années 1950, ce n'était pas facile. Pour mon père non plus, sans doute, il avait épousé une « ennemie ». Je ne suis pas sûre que leurs familles l'aient bien vécu. Mais aujourd'hui, qui fait attention à cela ?

J'ai du mal à cacher ma colère. Devant moi se rejouent les scènes ridicules de *La Grande Vadrouille*. Non, vraiment, je ne peux pas… être… allemand ! Pour faire diversion, je montre les casques du menton et je crache :

— Et alors, pourquoi on ne peut pas jouer avec ?

Mamie m'observe sans comprendre. Elle caresse celui qu'elle tient, me le remet sur la tête et me dit doucement :

— Parce que ce sont les casques de tes arrière-arrière-grands-pères qui ont fait la guerre, Maxime. L'Allemand et le Français... Voici Theodor et voilà Gaston, et tu dois les respecter. Ils se sont battus pour toi.

— Tu parles oui, ils se sont tiré dessus et maintenant ils nous détestent !

J'arrache le casque de ma tête et le jette par terre. Mamie crie « Non ! ». Je sors en claquant la porte. Cet été est le plus pourri de la terre. Déjà qu'il pleut comme vache qui pisse, qu'on ne peut pas jouer au foot, et maintenant mamie qui balance une histoire horrible en pensant que ça va me faire plaisir ! Je prends mon ciré et je sors dans le jardin. De dehors, je les vois qui discutent. Léo boit les paroles de mamie comme un Fanta. Je le déteste, il se croit tout permis, il débarque en vacances et il me vole ma grand-mère. Elle disparaît dans la cuisine. Léo me rejoint.

— Reviens, Irène a plein de choses à raconter. Elle prépare un chocolat chaud.

Je lui fais un doigt d'honneur et m'enfuis dans la grange.

*

5 juin 1916

Ma Jeanne adorée,

J'ai été nommé brancardier ! Depuis le temps que j'attendais. Je ne pouvais plus... Maintenant, j'aide, je sauve, je soigne, je suis soulagé. Non, ce n'est pas plus dangereux ! Je ne porte pas d'armes mais face à un obus, quelle différence ? En plus, on m'a donné un chien, Filou. Il cherche les blessés pour moi. Il m'encourage beaucoup. Il me fait du bien. Comment va Pierrot ? Son dessin ne me quitte plus. Dis-lui que je suis fier, mais ne lui raconte rien de cette guerre. Il est si petit. Hier, je ramassais un blessé un peu trop près des casques à pointe, enfin maintenant ils ont changé de forme, quand j'ai entendu un violon qui jouait. De la musique ! Des notes ! Une consolation, comme si on effaçait la guerre. Si on doit tous les tuer, ce qu'on compte bien faire, parce qu'on ne reviendra pas tant qu'ils seront encore là, j'espère que l'instrument sera sauvé. J'en ai eu les larmes aux yeux. Il reste encore du beau, dis-le à Pierrot. La guerre emporte tout mais ne détruira pas le beau. Quand ce sera fini, nous irons nous promener, écouter le chant des oiseaux, respirer les fleurs sans les cueillir, je ne veux plus rien enlever à ce que la nature donne. Dis bien à mon fils que la vie est belle. Il faut simplement y croire, et je t'assure, ce n'est pas facile. Je donnerais tout pour une nuit avec toi. Prie pour moi, ma douce, et embrasse Pierrot tendrement. Je rentrerai bien vite.

Gaston

*

Quimper, août 2006

Je n'arrive pas à dormir. J'aimerais que maman soit là. Ou mieux, papa, car lui n'a rien à voir avec ça. Léo respire doucement. Je ne sais pas pourquoi je me suis énervé. Je n'ai pas voulu dîner ni leur parler. Si mamie est à moitié allemande, ça veut dire que maman l'est au quart, et moi… un peu moins. C'est la première fois que ça me sert, cette histoire de fractions ! Mais si mamie ne parle pas allemand, qu'elle est née à Quimper et qu'elle s'appelle Irène, franchement, on peut dire qu'elle est française. Elle a jamais mis les pieds là-bas d'ailleurs ! Enfin j'en sais rien, je la connais que depuis onze ans. Des images font *boum* dans ma tête. L'année dernière, on a vu un film au cinéma, *Joyeux Noël*. Tu parles d'un réveillon ! Des soldats se tirent dessus, font la paix le 25 et se retirent dessus le 26. Et le pire, c'est la guerre qui a suivi. On a regardé en classe *La vie est belle*. Qui voudrait être allemand ? J'ai peur d'imaginer que ces casques ont été portés. J'ai du mal à me dire que là-dessous, c'étaient mes arrière-arrière-grands-pères et qu'ils se haïssaient. Que peut-être ils se sont entretués. C'est sûr qu'ils sont morts, mais est-ce que c'était à la guerre ? Je n'ai même pas demandé à mamie… Et là-haut, est-ce qu'ils sont contents de savoir que j'existe ? Je me glisse sous le drap. Mamie a dit un truc sur sa mère : « Elle voulait que je sois française. Elle avait peur qu'on m'insulte ! » Je me sens mal. En fait, ce qui me gêne le plus, c'est que mes familles se soient haïes. Je n'aurais jamais dû exister…

J'ai une urgence doudou. Je me lève, le plancher fait *couic*. Sur un lit, deux gros ours. Mamie m'a offert le blanc, Prosper, pour mes cinq ans, et papa le brun, Yoplaboum, pour mon bras cassé. Je les ramène dans mon lit. Prosper et Yoplaboum, mes amis d'enfance, un de chaque famille. Mais ce soir, ils sont brouillés, je le vois bien.

— Est-ce que vous pourriez faire la paix ?

Je prends la grosse patte de Prosper dans une main, celle de Yoplaboum dans l'autre et fais comme s'ils se la serraient.

— Allez, vous allez pas rester fâchés ?

Prosper sourit mais Yoplaboum retire sa patte. J'écrase une larme. Je pose ma tête sur l'oreiller. Je dois en parler à mamie, elle saura me consoler. Après tout, ce sont ses grands-pères, ça doit lui faire encore plus mal.

*

10 juillet 1916

Meine liebe Anna,

Merci pour la corde G, elle est arrivée juste à temps. Tu n'imagines pas à quel point mon violon soutient notre moral. J'ai même le droit de le ranger dans les quartiers du Hauptmann pour qu'il ne soit pas abîmé pendant les assauts. Enfin, faut espérer que ça puisse aider. Ça gronde, Anna, nous allons attaquer un endroit important. Je ne peux pas te dire où, mais on se souviendra de nous, tu verras. Des héros ! Frieda a tellement changé sur la photo ! Dis-lui que je joue tous les soirs une berceuse pour qu'elle s'endorme bien. Ici, la vie continue. Maximilian a perdu une jambe mais il s'en sortira. Au moins maintenant, il est tiré de là. Walter y est resté. Mieux que Thomas qui a eu le visage arraché. J'aimerais mieux mourir que de faire peur à Frieda avec une telle trogne. Mais j'ai le moral, tu me connais. Avec mon violon, tout va. Les Français vont bientôt renoncer, ils sont épuisés, leurs tranchées sont horribles. Ça pue d'ici. L'attaque est proche, je t'écris après. On va leur faire la peau et ce sera terminé ! C'est ce qui doit se passer de toute façon. Pas question d'y rester à leur place. Je t'embrasse, caresse les beaux cheveux de Frieda pour moi ! Je rentrerai bien vite.

Dein Theodor

*

Quimper, août 2006

Mamie a bien vu mes yeux rouges. Au petit déjeuner, ils restent noyés au fond de mon bol.

— Quelque chose ne va pas ?

— T'as fait quoi des casques ?

— Ils sont dans le salon.

J'avale mes Frosties et file les regarder. Je demande pardon tout bas à celui que j'ai jeté hier. Je n'ose plus les toucher. Je n'entends pas mamie entrer.

— Tu en penses quoi ?

Je sursaute.

— Je sais pas.

— Ça te rend triste ?

Mamie est terrible, elle devine toujours tout. Je fais oui de la tête.

— Un peu. Ça veut dire qu'avant nous, ils se détestaient. Peut-être qu'ils préféreraient qu'on n'existe pas. On ne devrait pas être là.

— Mais non !

Elle me caresse la tête.

— Comment tu les as eus ?

— Par ma mère Frieda et mon père Pierre. Tu veux que je te raconte ?

— Tu crois qu'ils se sont connus ? Qu'ils se sont tués ?

Mamie prend un air mystérieux.

— Moi, je sais.

Elle s'assoit sur le canapé, je viens me blottir contre elle. À cet instant, Léo surgit, enfin réveillé, et s'installe sur le tapis en bâillant.

*

Würzburg, 22 novembre 1916

Jeannette chérie,

J'ai été fait prisonnier. Je ne peux pas t'expliquer comment c'est arrivé, l'attaque a mal tourné. On m'a emmené en Allemagne. Filou a disparu. J'espère qu'il est mort, je ne veux pas qu'il reste seul. Ne t'inquiète pas, je vais bien. C'est étrange mais ne plus être au front est une souffrance. Savoir que d'autres vivent l'enfer du combat, se sentir impuissant, vil. Pour mon fils, pour toi, j'aurais dû tomber au champ d'honneur. Je sais qu'on nous le reprochera, on te dira que nous sommes des lâches, mais n'en crois rien. J'ai fait mon devoir. Il fait glacial, l'hiver sera rude. Envoie-moi ce que tu trouves pour me réchauffer. Je travaille aux champs. La nature m'apaise, mais les gens du coin nous crachent dessus. Hier, on a enterré un gamin, vingt ans, là depuis deux ans. Jean. Il n'aura rien vu ni de la guerre ni de la vie. Il n'aura eu que le pire. J'ai pleuré de me dire que quelque part, ses parents l'attendaient. Embrasse fort Pierrot, dis-lui que je pense à lui, que la vie est belle, dis-le-lui bien, et que papa sera toujours là pour lui. Je rentrerai bien vite, je vous le promets.

Gaston

*

Quimper, août 2006

Mamie, à moitié engloutie par le canapé, commence d'une voix chevrotante.

— Écoutez bien l'histoire de Gaston Mercier, père de mon père Pierre, né en 1913, et celle de Theodor Seebauer, père de ma mère Frieda, née en 1915. Gaston était professeur, Theodor violoniste, tous deux mariés et heureux. Seulement voilà : 1914, une guerre absurde vient briser leurs rêves. On les envoie se battre, ils ne savent plus pourquoi. La seule chose qu'ils apprennent vite, c'est qu'il faut tuer pour survivre. Pas le choix.

— Mamie, je demande, soupçonneux, comment tu sais ça ?

— Mes parents m'ont expliqué.

— Ils étaient tout petits !

— Tu crois qu'ils ne connaissaient pas l'histoire de leur père ? Écoute un peu ! Gaston enseignait l'histoire à Paris, puis est devenu soldat et enfin brancardier.

— C'était quoi ?

— Oh, c'était très dangereux. Il ramassait les blessés sur le champ de bataille, mais il ne portait pas d'armes. Il avait un chien qui l'aidait à trouver les corps sous la terre.

— Dessous ?

— Oui, les obus faisaient voler les mottes et enterraient les blessés. Il fallait les sortir de là avant qu'ils n'étouffent.

— Et il a sauvé beaucoup de gens ? demande Léo, captivé.

— Des centaines ! Un vrai héros ! Mon père m'a montré ses lettres du front. Il a été envoyé à Verdun au début de la bataille. Elle a duré des mois !

— Tu les as toujours ?

— Euh, réfléchit-elle, non…

— Et avec Theodor, tu crois qu'ils se sont rencontrés ?

Mamie se tait un instant. Elle plisse les yeux, comme si elle cherchait à mieux voir ses souvenirs, inspire et dit :

— Oui, ça paraît incroyable ! Ils étaient stationnés tous les deux à Fleury, près de Verdun, chacun d'un côté, dans sa tranchée. Dans ses courriers, Gaston parle du violon qu'il entendait. Theodor ! Il jouait tous les jours pour remonter le moral des troupes.

— Vraiment ? Tu ne racontes pas des salades ?

— Pas mon genre ! Gaston s'approchait souvent de la tranchée allemande pour chercher les blessés. Il prenait des risques énormes. Un jour, il a même vu la tête de Theodor. Il l'a écrit à sa femme. Mon grand-père ne connaissait rien à la musique, mais elle le fascinait. Et c'est arrivé…

— Quoi ?

— Été 1916, fort de Souville, une bataille effroyable ! Des morts des deux côtés. La nuit venue, Gaston est sorti de la tranchée, avec son chien et sa brouette. Sans lampe. Il ne fallait pas se faire repérer. Il a ramené un estropié, puis est retourné dans le no man's land.

— Le quoi ?

— Le lieu des combats. L'animal est revenu pour lui montrer quelque chose. Il était dressé à ne pas aboyer. Une main sortait de dessous la terre. Gaston a creusé comme un fou avec le chien, une tête est apparue. Il a eu un mouvement de recul. Le violoniste ! Il s'est relevé. Il ne pouvait pas l'aider, c'était un Allemand !

Elle s'arrête. Nous retenons notre souffle.

— Theodor ?

— Oui.

— Mais il ne pouvait pas le laisser mourir !

— Il n'avait pas le droit de soigner un ennemi. Il allait l'abandonner quand Theodor a gémi : « *Wasser !* » Gaston avait une gourde. Mais si on le voyait l'aider, il risquait gros. Il a regardé l'homme. Sa main. Il a pensé à cette musique apportée par le vent. Theodor a ouvert les yeux, a tourné son visage vers lui. Il était si jeune. Comme lui. Peut-être papa aussi. Gaston a observé partout, personne. Alors qu'a-t-il fait ?

— Il l'a sauvé !

— Il s'est accroupi et l'a fait boire. À cet instant, il a entendu des Allemands. Il s'est enfui. Sans doute ne se sont-ils jamais revus. Mais il l'a sauvé.

— Pas possible !

— Et surtout, avant de disparaître, il lui a demandé son nom.

Je contemple les deux casques, les caresse du doigt. Je souris fièrement. Léo fronce les sourcils.

— Madame Irène, comment savez-vous ça ?

— *Pfft*, j'y viens. Quelques jours plus tard, Gaston a été fait prisonnier. Il a été emmené en Allemagne d'où il a envoyé de nombreuses lettres.

— Et Theodor ?

— Il a été ramené dans son camp, choqué mais pas blessé. Il s'est remis à jouer du violon pour le soldat inconnu d'en face qui l'avait sorti de terre.

— Et… il est mort ?

Elle me prend la main doucement.

— Tout le monde meurt, mon chéri.

— Je veux dire, il est mort à la guerre ?

Elle marque un nouveau silence.

— Oui. En octobre 1916, lors d'un énième assaut. En héros…

Je mets mes mains sur ma bouche. Theodor…

— Et Gaston ? demande Léo.

Les yeux de mamie se voilent. Elle avale sa salive.

— Aussi. Là-bas, à Würzburg. Mais pas en héros. Pour la France, les prisonniers n'étaient que des lâches. Ceux qui ne s'étaient pas battus jusqu'au bout, ceux qui avaient eu peur de mourir.

— C'est faux !

— Évidemment. Ils n'ont eu droit à rien. Ni décoration ni reconnaissance. Rien. Ma grand-mère a reçu un jour sa caisse, celle de là-haut, avec ses affaires, son casque et son pseudo-déshonneur. Et c'est tout.

Sa voix tremble. Elle se relève brusquement.

— Je suis fatiguée, je vais me reposer.

Nous la laissons partir en silence. Je suis atterré et bizarrement soulagé. Comme si quelque chose en moi était réparé. Dans mon lit, le soir, je caresse mes ours. Je leur fais se serrer la patte, et cette fois-ci, Yoplaboum ne la retire pas.

— Bonne nuit, Gaston, bonne nuit, Theodor. Reposez-vous bien. Je crois que… là-haut, vous êtes heureux de voir votre famille qui a fait la paix…

*

Quimper, août 2019

Mamie est morte. Subitement. Sans prendre la peine de nous prévenir. Elle n'en a toujours fait qu'à sa tête. J'ai du mal à affronter mon chagrin. Ma mère est dévastée. Elle ne souhaite pas garder la maison. Trop grande. Trop froide. Trop de souvenirs. Il faut vider. Je viens aider. J'ai réussi l'agrégation d'allemand, mamie aurait été si fière ! Dire qu'elle ne le saura jamais. Je lui avais promis qu'un jour, nous irions à Würzburg sur les traces de Gaston. Mais elle est partie. Ma mère attaque la cuisine, mon père la bibliothèque. Je choisis le grenier. Ma pièce. La malle de Gaston est toujours là, rangée sous la soupente. Je l'ai ouverte mille fois depuis. Je ne la donnerai pas, ni elle ni les casques. Je la tire pour la mettre de côté. Et c'est là que, tapie dans la poussière, apparaît une boîte rouillée et bien sale, oubliée dans ce recoin obscur. Je la nettoie de la main. Je l'ouvre. Elle grince. Des enveloppes. Jaunes. Je les sors le cœur battant. Des dizaines de lettres avec un ruban. Les lettres de guerre de Gaston à Jeanne ! Je m'assois à même le sol et les déplie une à une. L'écriture est belle, ronde – normal pour un professeur. Mon cœur explose. La mobilisation. Le départ. Le front. Brancardier. Filou. Pierrot. Certains mots sont parfois caviardés de noir par la censure, mais la vie de mon aïeul défile devant moi. Elle se faufile entre mes mains comme si je la touchais. Mon pouls s'accélère, il parle du violon. Je poursuis, les mains tremblantes.

Voilà.

J'ai tout lu.

Je repose les lettres dans la boîte. J'éclate de rire, j'écrase une larme. Rien ! Rien sur la rencontre de Gaston et Theodor. Quel naïf ! Et je suis devenu professeur d'allemand, bon sang ! Gaston et Theodor ne se sont jamais vus, jamais croisés. Tous les deux ont pourtant combattu à Verdun : l'un est parti à Würzburg, l'autre est tombé au front. Qui me dit que le violon que Gaston entendait était celui de Theodor ? Ou qu'ils étaient au même endroit ? Je pense à Prosper et Yoplaboum et descends dans le dortoir. Ils m'attendent sur le lit. Je les remonte et les place dans la malle.

— Allez, serrez-vous la pince… Au moins pour vous rencontrer puisque ça n'est jamais arrivé !

Je referme le couvercle et traîne la malle jusqu'à ma voiture. Je claque le coffre sur ce si beau mensonge.

— Merci, mamie. Je n'aurais pas aimé être le fils de la haine. C'était mieux de grandir ainsi.

NOTE DE L'AUTRICE

Cette histoire pourrait être vraie. J'habite à Munich depuis dix ans, et un jour de novembre 2018, lors des commémorations, mon fils de huit ans est rentré de l'école tout excité : « Tu sais, aujourd'hui, un garçon de ma classe a raconté une drôle d'histoire. Dans son grenier, il y a deux casques, un à pointe et un tout rond. Ce sont ceux de ses arrière-arrière-grands-pères qui sont morts à Verdun. » Je voulais écrire cette nouvelle pour tous les enfants descendant de ces familles, nul doute que vos aïeux sont fiers de vous.

BIOGRAPHIES ET BIBLIOGRAPHIES DES AUTEURS ET AUTRICES

FRANÇOIS COUNE

François Coune, alias @livraisondemots, est un influenceur littéraire et culturel belge. Suivi par plus de 100 000 personnes sur Instagram, il est aussi chroniqueur régulier à la télévision, sur RTL-TVI en Belgique, et organisateur du Grand Prix des Blogueurs Littéraires.

Il est l'auteur de plusieurs nouvelles, et a également publié deux livres :

Lire lire lire - Pile à lire, notes de lecture, recommandations (First, 2025)

Et si on se livrait des mots ? (Dashbook, 2023)

JESSICA CYMERMAN

Jessica Cymerman est l'autrice d'une vingtaine d'ouvrages humoristiques et de deux romans : *Celui d'après* (Charleston, 2017) et *Et que chacun se mette à chanter* (Nami, 2023 ; Pocket, 2025).

Journaliste, elle écrit pour différents magazines et tient les pages Serialmother sur les réseaux sociaux, sur lesquelles elle livre avec humour ses réflexions variées de mère de famille et de femme. En 2021, elle a lancé le podcast d'humeurs et d'interviews *Le Podcast de Serial Mother.*

LAURE DE RIVIÈRES

Laure de Rivières a été journaliste pour la presse magazine, puis a fondé une agence de communication. Elle est aujourd'hui scénariste et autrice. Elle a publié un recueil de nouvelles, *Nage Libre* (Thot, 2019) et un premier roman, *La Belle Famille* (Flammarion, 2022, J'ai Lu, 2023), thriller psychologique inspiré de faits réels.

ALEXANDRE DUYCK

Alexandre Duyck est grand reporter. Il travaille notamment pour *M le magazine du Monde.* Il est l'auteur d'une dizaine de documents et de trois romans :

Augustin (JC Lattès, 2018 ; Mon poche, 2021)
Un effondrement (JC Lattès, 2020)
Avec toi je ne crains rien (Actes Sud, 2024)

MICHÈLE FITOUSSI

Michèle Fitoussi a été éditorialiste et grand reporter à *Elle* pendant de nombreuses années. Elle a écrit pour le théâtre et la télévision, et publié une quinzaine de livres, dont :

La Famille de Pantin (Stock, 2023)

Janet (JC Lattès, 2018 ; Le Livre de poche, 2020)

La Nuit de Bombay (Fayard, 2014 ; Le Livre de poche, 2016)

Helena Rubinstein, la femme qui inventa la beauté (Grasset, 2010, Le Livre de poche, 2012)

La Prisonnière, avec Malika Oufkir (Grasset, 1999, Prix Maison de la presse ; Le Livre de poche, 2013)

AURÉLIE TRAMIER

Née à Aix-en-Provence en 1982, Aurélie Tramier a poursuivi des études littéraires à Paris avant de se reconvertir dans le marketing. Mère de trois garçons, elle habite Munich où elle partage son temps entre l'écriture et son métier de consultante. Elle est l'autrice de quatre romans :

Vous reprendrez bien un petit chou ? (KDP, 2017)

Peindre la pluie en couleurs (La Belle Étoile, 2020. Le Livre de Poche, 2022)

La Flamme et le Papillon (La Belle Étoile, 2022. Le Livre de Poche, 2024)

Bien-Aimée (La Belle Étoile, 2024, Grand Prix littéraire de Provence, Prix de l'Académie d'Aix et finaliste du Prix Maison de la presse)

Cet ouvrage est composé de matériaux issus de forêts gérées durablement certifiées PEFC™.
Le Programme de reconnaissance des certifications forestières (PEFC™) est le plus grand organisme mondial indépendant de contrôle pour une gestion durable des forêts.
Pour en savoir plus, consultez le site www.pefc-france.org

PEFC™ PEFC/14-38-00277

Achevé d'imprimer en avril 2025
par Novoprint
Dépôt légal : mai 2025
Imprimé en Slovaquie